文宣逸语

成丽 著

北京日报出版社

图书在版编目（CIP）数据

文宣逸语 / 成丽著. — 北京：北京日报出版社，2022.12
　　ISBN 978-7-5477-4430-7

　　Ⅰ．①文… Ⅱ．①成… Ⅲ．①散文集－中国－当代 Ⅳ．①I267

中国版本图书馆 CIP 数据核字（2022）第 208188 号

文宣逸语

出版发行：	北京日报出版社
地　　址：	北京市东城区东单三条 8-16 号东方广场东配楼四层
邮　　编：	100005
电　　话：	发行部：（010）65255876
	总编室：（010）65252135
印　　刷：	武汉楚商印务有限公司
经　　销：	各地新华书店
版　　次：	2022 年 12 月第 1 版
	2022 年 12 月第 1 次印刷
开　　本：	880 毫米×1230 毫米　1/32
印　　张：	7.5
字　　数：	169 千字
定　　价：	58.00 元

版权所有，侵权必究，未经许可，不得转载

自序

纸上故乡终是暖

1

我的故乡文宣,是一个聚族而居的村庄。村庄地处幕阜山余脉九宫山东北部的丘陵,鄂赣边陲太平山北麓的富水源头。四面环山,地理位置呈西高东低、南北倾斜的格局。

"文宣"这个地名颇具渊源。明代中期,王氏进山开荒落户,始称"王宣"。清代康熙甲子年(1684),成公轲奇(字仲然)从王氏手中买下此地,携家眷由南岭老屋迁徙至此。仲然公博学多才,颇谙风水之术,他见此地前有流水、后有靠山,地势两侧高、中间低,是"仙鹅孵蛋"的风水宝地,于是取地名为"望仙"。民国初期,族中文人成荣瀰、成国葆等认为"望仙"二字俗气,于是借了孔子的封号"大成至圣文宣王"中的"文宣"替代"望仙",寓意多出文化人,村名沿用至今。

始迁祖仲然公视野开阔,宅心仁厚,立下"崇文尚学、耕读共乐"的家训,率先垂范,勤俭持家。子孙皆知礼仪、识大体、谦和恭让。及至第三代,其孙维乾生五子,人丁已迅速增至七十二人,长幼有序、妯娌和睦,在当时被传为家族亲和的典范。然而,这栋一进三重的老屋,早已无法住下这五世同堂一大家子，五房七十二丁不得不考虑分家，于是以文宣为根基，先后往周边的下宣屋、上坳铺、楼棚、下河、上河等地开枝散叶。三百多年来，文宣村中皆为成姓，无一外姓。村中人秉承先祖"崇文尚学"的遗训，以派系中的"德崇善良、传家纯厚"为处世宗旨，族人中军政、科教、农商人才济济，甚至于郎中、道士、武师、相士，皆颇有名望。乡村人才的多元，成为宗族兴旺的标志。

文宣村还是一个有着三十五名烈士的红色村庄。如土地革命时期，在武昌农讲所的文宣人成子英，被省农协任命为特派员回乡开展工作。他在通山与阳新组织农民运动，成立了阳新县农协与第一支农民自卫武装——农民自卫军。1927年2月27日，湖北省阳新县商会会长朱仲炘纠集暴徒，残暴烧死成子英与八名农协骨干，即阳新"二·二七"惨案。为了纪念烈士，文宣村所在乡被命名为"子英乡"。

2

十九岁那年，我离开了家乡。起初，每逢重大节日或父母生日，我都如约回家。自2004年、2005年父母相继去世后，我成了一个没有家的游子，家乡已成故乡。虽然长兄尚在文宣，我也只是一年一度的春节回乡拜年，我于故乡，是来去匆匆的过客。然而，刻在骨子的记忆是无以磨灭的。故乡的瓦舍炊烟、阡陌田垄、鸡犬深巷、老叟弱童、山石草木，随时触动我内心的情愫，成为我心头绵延不绝的乡愁。

当我看到居住十九年的青砖老屋从破败、坍塌、沦为泥土，变成虫鸟的乐园，巨大的失落感与悲凉感无以复加。这种状态，非我一人，而是我们那一代同龄人的共同之殇。于是，我开始反思：在城镇化的浪潮中，随着大量人口外迁，乡村从以前的喧闹变得日渐沉寂，土地日渐荒芜，除了老弱病残，少有青壮汉子在家务农。而那些如候鸟般年初外出、岁末回乡的游子，他们在城市打拼又是何种心境？家乡情结如何梳理？

2018年5月，家乡筹备编辑出版《文宣族史》，父老乡亲诚邀我加入编辑工作。通过近距离触摸历史，我对家乡三百多年来的历史沿革、重大事件、发展状况、名人轶事、民情风俗，有了较深的了解和认识。族史只是如实记录时间、地点与事件，简明陈述一个村庄的历史变迁。而我的家乡，是个有着人文与信仰的红色村庄。我有强烈的使命感：为正在消失的村庄留下一些纪念。我开始梳理故乡的记忆。

3

2019年5月，湖北省作家协会第二届"家乡书"长篇散文创作扶持项目的申报通知一出，我第一时间精心组织材料，在全省百余位作家申报的选题中经过两轮选拔与答辩，终于在9月份有幸入选。在初霜如银的秋天，我背着相机与录音笔踏进了故乡，住进年近七旬的大哥在祖宅重建的新居。白天，我外出采访，善良的家乡人热情接待我。熟悉的乡音，亲切的物件，过往的场景，常常让我思绪如潮。秋虫呢喃的夜里，我辗转难眠,独上三楼的平顶,山风婆娑,灯火如萤。远处众犬狺狺,隐隐入耳,窗下,大哥憋闷的咳嗽声,声声清晰,让我感知村庄既邈远又真实。足下曾经是我祖辈、父辈以及我七代人安居过的土地,我们根植于此,在苍茫的宇宙都是微不足道的流星。而文宣村,这块仅十多平方公里的土地,在中国九百六十万平方公里的众多村庄中,如沧海一粟。三百三十八年,从一个人繁衍成五大房头。随着社会化进程的不断崛起,人口外迁,如今村庄仍有三百三十六户、一千五百余人。这块土地上的饮食男女,他们孕育子孙,饲养牲畜,滋养土地,扩展地盘,是我的祖辈、父辈及同辈的兄妹。他们参与乡村的建设,书写历史的进程,也将在我的文字里鲜活:他们是为寻求真理,一门忠烈祭疆场的红军首领成子英、成建军、成世豪、成栋臣;是有勇有谋声名远播,一代鸿儒传古今的文人学士成荣瀚、成国葆;是事业与诗、书、画并铸,以一脉文艺写春秋的成传榜、成海平、成善端、成传样、成传安;是苦难深重却心怀善念的哑巴"狗伯";是身残志不残为家人撑起一片天的算命先生立民兄、婳正嫂;是以枪杆、笔杆、锄头杆书写三杆人生的杰哥……国难当头时,有振臂一呼的大义,前赴后继的勇猛。他们有为理想而活,亦有为箪食而存,轰轰烈烈或默默无闻,最终,归于尘土。草木有四季枯荣,人生无生死轮回。他们参与历史、构建历史、丰富历史,最终铸就村庄的丰盈。

收集资料后,我依据申报大纲有序创作,以二十世纪七十年代到八十年代为重点,写人、记事、状物,书写我在故乡文宣的所见、所思、所想。写作时,力图从自然、历史、社会、文化等角度切入，通过山水、建筑、器具、物产、风土的审视，反映农业文明下的乡土之梦、城市化背景下的空心之殇，留下鄂东南地区一个时期农村生活的缩影。

写作此书的目的，在于对抗遗忘、安慰乡愁，希望这一路写下来，能够不负初衷。

成丽

2022年3月20日于青龙苑

目录

第一辑 文宣·物

1　火与谁共
15　茶语
27　说猫
35　蓑衣归来
42　碓白·石磨
50　风中的草根
59　东司
64　过往之灯
70　除夕夜·灯火亲
74　一扇门的光阴
77　昔年龙灯今犹在

第二辑 文宣·事

- 80 秋风长 茶油清
- 92 找副业
- 97 素履之往
- 105 红薯记
- 120 飞舞的手袱
- 127 古柏之殇
- 131 岁月里飞翔的文宣

第三辑 文宣·人

143 狗伯
153 良辰美景
161 杰哥的「三杆」
191 婠正嫂
200 善端公
211 老屋与我

后记

第一辑　文宣·物

火与谁共

　　农人对火的需求恰似鱼儿对水的需求。

　　煮饭、炒菜、烧水、取暖、吃喝洗涮，二十世纪九十年代以前，农人们的日常与火紧密相连。

　　文宣村四面环山，连绵不断的群山生长的竹木是人们取之不竭的宝藏，亦是给火的蓬勃提供源源不断的燃料。

　　早春、深秋、寒冬，茶余饭后，一捆干柴，几把木椅，农人围炉而坐，红红的火焰蹿得老高。室外，看门的狗子也懒得叫唤了，耷拉着脑袋挤进火炉边主人的脚下打盹儿。男人谈天说地，谈古论今，面红耳赤，飞沫四溅，这时的火是他们比拼学识与见识的窗口；一顶针、一竹筛、几团索线，纳鞋底、绣鞋垫、缝衣裤，轻言细语，笑语盈盈，那是主妇们在火炉旁的幸福时光。

　　火是庄稼人的媒介。男人见面，递根纸烟，你的烟头挨着我的烟屁股，低头点火。或，我的水烟筒按进一团烟丝，猛吸一口，将那杆油黑发亮的宝物递给你，情分在这燃起的红点与烟雾中升温。你家的羊儿啃了我家麦地,我家的猪崽儿出栏践踏了你家菜园,倘若是以前,指不定会面红脖子粗地理论一番,此刻,经历了点烟或烟袋互让,他们粗骨大膀的手一挥:小事儿,小事儿,不值一提!烟消云散。

火于文宣的女人们,是她们挣扎与希望交织,苦痛与欢愉相依的人生底色。

火种

当击石取火日渐淘汰,被称为"洋火"的火柴作为新的取火工具从国外进驻大陆,随后,迅速在民间流行。

二十世纪六十年代到七十年代,粮油、布匹等日常用品举国实行供应制,火柴亦是限量供应。自我记事起,村里人能用得起火柴的为数不多。除了火柴票,购买一盒火柴还需两分钱。农人一日三餐都得生火做饭,取火工具必不可少,长二寸、宽一寸的一盒火柴,至多也就五十来根,不到二十天火柴盒就空空如也。机灵的主妇在每晚睡前将燃过的炭头埋在热火灰中,晨起有的尚存火星,以干草团或干松针一搭,少顷便火苗升腾。火种熄灭了的得到附近已生火的人家借火。一团芭茅、几条竹桠或几许松针,裹着一两个红红的火炭,一手平端,一手挡着上风口,眼盯火种,在高低不平的地上碎步快走。着火点低的干柴草,经风一吹,一下就点燃了。"快跑""快跑",眼看到家了,火苗却舔着手臂,只得笑骂着往天井或水沟一扔,火团儿应声落地,在蓄有积水的天井或水沟内"嗤嗤嗤",冒出一缕缕白烟,委地成殇,这边,在灶台前忙碌的主妇已笑成一团。

第一辑 文宣·物

许是借火的日子已成日常，同一栋老屋的来凤娘借火有了自己的套路。她将圆竹筒劈成两半，借火时，铲点热灰再加两个火种，烫不着也不易熄灭，日久，竹筒由青变黄，继而变黑、变焦，竹筒越来越短的时候，就地取材，再换一个。借火的日子，是她人生最难熬的日子，丈夫英年早逝，她一个人拉扯着三子二女，借米，借油，借鸡蛋，借盐巴，大到筐篮晒箦，小至针头线脑，无所不借。硬是将两儿送到了高中，一女送进了大学。

那年寒假过完，上大学的女儿返校。天还没亮，来凤娘披衣起床，摸索着扒拉火塘，睡前埋在火塘热灰中的火种，在滴水成冰的夜经北风一吹，已无半点星火。她叹了一口气，伸手去取那半边竹筒，想了想，反身将柴垛上的长木棍抄在手上，抖抖索索出了门。启明星还没露头，头顶上空，是无涯的黑，如一顶巨大的黑乎乎的棉帽压得人心里直发毛。没有星星，没有任何照明工具，唯一能依靠的只有木棍。特殊时期，木棍能防身，亦能当眼睛使唤。借着木棍探路，她高一脚低一脚来到村西头的队长家，队长家里应该不缺火柴。

"汪汪，汪汪汪汪"，一声猛烈的犬吠打破村庄的宁静，紧接着，附和声此起彼伏。狗眼看人低。狗这种人类最早驯养的家畜，由狼驯化而来的群居动物，对外空前团结的共性在这一刻暴露无遗。一时间，猗猗四起。她挥舞着木棍，星星点点的光点便不远不近地围着她转。她进，光点退，她退，光点亦步亦趋跟上，她不发一言，只是将棍子忽前忽后忽左忽右挥得更勤了。

逸文
语宣

"笃、笃、笃——""哪个？"刚一敲门，声音就清晰地从门缝传了出来。"婶子，是我，后背屋来凤，细女要上学，一大早去赶班车，我想煮两个鸡蛋给她带去，借个火。""哦，是来凤嫂，昨夜冷，我睡得早，冇埋火种，你到医生家去看看，他爷每夜烧大树蔸烤火，应该有炭火。"讪讪然，转身，她继续舞着木棍，避过沿家沿户看家护院的狗，到了村东头。"咳咳咳"，远远地，一阵压抑的咳嗽声从医生家的木窗传出。

"老叔的支气管炎又犯了，我一敲门，他肯定起床开门，又得受冻咳嗽。"来凤娘心里嘀咕着，四下望望，村里黑灯瞎火，"没得火，这鸡蛋算是煮不成了，细女要饿着肚子赶路。唉，都怪我，应该埋一截燃着的柴头。担心什么燃着了发火患，这天寒地冻的能烧起来吗？我留点心不睡着不就行了？"来凤娘内心像拉锯战，一忽儿自责，一忽儿发愁。一阵冷风吹来，两唇上下直打战，腿也不由自主地发抖。

回到家，她将火钳在火塘底部翻捣，柴灰在铁器用力下灰尘四溅。"祖宗老子，给点火吧，哪怕是绿豆大的一坨红火屎，我也能让其燃起熊熊大火。"来凤娘喃喃自语，眼睛睁得更圆了。灰烬里没一丁点儿暖气。咳！咳咳！来凤娘想起羸弱的幺女，要走五里山路到车站搭车到县城，再从县城转车到咸宁城的医学院，这一趟下来，就到了下午。虽说路上有卖吃的，可懂事的女儿平时连两分钱的馍都舍不得买，上次开学带去的二十元，刨去来去车费，还有剩余，她一定会饿着肚子到学校，学校食堂的饭是国家免费供应的，可是这一开年的，来凤娘总想让她喝口热的出门。听老人说，同治皇帝在位的时候，大雪天，文宣在梓学堂半山上的几户人家就是无火做饭活活饿死了，是在朱家垅的山旮旯里，那里以前是有人住的，连下半个月大雪，雪齐腰深，天晴后，发现那一家人都死了，村里人赶去一看，缸里还有米，是没得火种生火做饭才饿死的。咳咳，火是农人的命根子。这么大的一个村庄，难不成没有一家有火种？来凤娘寻思：要不，到细香婶家里去看看，她屋人是吃国家饭的，孩子多，晚睡早起，说不定有火种。这样想着，来凤娘摸索着拔开巷道门的插销。

天无绝人之路，接过留有堂婶体温的火柴，来凤娘满心喜悦。嚓！随着火柴头与火柴盒的摩擦，红磷与氧化剂的化学反应随即产生一团火光，照亮了来凤娘满是皱褶的脸，墨黑的村庄有了一丝暖意。

多年以后，来凤娘每每提及借火那一幕，一再对我母亲说："细香婶，我这一生，找你借的东西太多，柴、米、油、盐，能还的我都还了。我一年四季找你借火，可借的火种，我没办法还。这份恩，这辈子还不了，下辈子变牛变马也还不清了哟。"

火笼

北风是夜里潜入乡村的，它先是在村里村外四处穿梭，见无人搭理，便带着尾声往人的脸上抽、衣缝里钻，在门、窗、屋顶上号叫，几个回合下来，山村就蒙上一层厚厚的盐霜。草本植物不再昂头挺肚，一株株蔫头耷脑；百节蛇一点点往洞穴深处缩，任凭顽童将烧火棍在洞口擂得山响也懒得抬一下眼皮；斑鸠亦不叫唤了，藏头夹尾，灰褐色的头颈一个劲儿往蓝灰色羽翅里躲。

火笼从鸡笼顶、柴垛、墙角以及不被人重视的角落里寻出来,"咚"一声落在干结的泥土上,在地面翻了个跟斗或打几个滚儿,搪瓷金属与尘土碰撞,发出沉闷的声响。搪瓷缸,搪瓷钵,搪瓷盆,大如脸盆,小似碗杯,掉了瓷的,缺了手把的,白色底或灰色底,带着一个时期鲜明的人物、标语或图案,在山村各家各户亮相。

火笼是农人智慧的另一个标志,弥漫着物尽其用、废品再利用的俭朴风尚。生活用具脸盆、菜钵、茶杯,物用日久,磕磕碰碰,掉瓷有了沙眼,漏水漏汤,就不能用了。走村串户上门修鞋补罗罐的,沿村吆喝,将铁炉子烧得通红,用一长勺舀几滴烧成液体的"铁水"轻轻倒在漏光的物件上,"嗤嗤"几声,用小锤子轻轻捶平嵌合,再利用。如此反复,补疤多次的底部就高出一团,有的底部有十多个补疤,放置不平,无法用时,两侧穿根铁丝,就成了冬天的取暖用具——火笼。

火笼盛上热火灰,其上放置燃着的炭火,背上书包,呼朋引伴。冬日的早晨,小路上走来高高矮矮的学子,人人手持或大或小的火笼,寒风穿透单薄的衣衫,脸青唇紫,低头缩脑,一路因了炭火的热量,手却是暖和的。炭头行将熄灭时,小嘴一吹,会尘灰飞扬,这时,只需一手提笼,甩开膀子,三百六十度转动,均匀受风的作用力,炭头一会儿就红彤彤的了。

上课时,从书包里取两块炭放入火笼,木板桌上顿时热烘烘的。间或,引燃了书页或衣袖,同桌大呼小叫,引发一场骚乱，老师怒气冲冲走上来，一手拧火笼，一手拧学生的耳朵，走到室外，用力一扔，火笼在空中划一道抛物线，"叮叮当当"在远处着陆。众多视线透过窗上的白色塑料膜，依稀可见被拧出的学子在瑟瑟寒风中两手抱肩，探头探脑。

　　我上三年级的时候，同桌是小个子的徐显武。他居住的村庄离学校有四里路，那里的主要居民是从富水河库区迁居来的移民队。他早上在旷野里提着火笼疾走，在风的催动下火炭耗费加快，到学校时火炭多数气息奄奄。他的座位靠墙，经常悄悄掏我书包里的木炭。每天早上我用油布包六块炭，中午回家吃饭时火炭刚刚能接上，下午再拿五块炭，一天就不会受冻。但往往到了第三节课我需加炭时，会发现两块炭不翼而飞。再看看他，手指、鼻翼黑乎乎的。他的炭是粗壮的杂木劈柴封窑烧的，炭呈现灰黑色，坚硬、灰少；我家的炭是柴火燃过后放瓦罐里闭熄的，炭质较软，一摸，如摸锅底般会黏附黑乎乎的炭粉。见他不认账，我只得求助班主任，那时的班主任成良玉是校长，精瘦，脸颊刀削一般，高度近视，眼镜掉到鼻尖。他是师范学院毕业，教学很有水平，平日里不苟言笑，同学们都怕他。但见他手持戒尺走向徐显武，看看我的火笼又看看显武的火笼，让两人将书包里的炭倒出来对比。徐显武胆怯地低下了头。全班人都盯着校长，看校长如何处罚这个调皮鬼。校长却把我叫了出去，说，徐显武是家中的长子，下面还有两个读书的弟妹，他们路途远，中午在学校蒸饭不能回家续炭，每天得耗费不少炭。移民过来的住户田地少，山林也少，都很贫困，让我不要对同学说其拿炭的事，还叫我把火笼放在桌子的中间，两个人共同烤。此后，我再也没丢过炭。

不带火笼的学生，多是家大口阔的人家，没有火笼或火笼不够用，再就是家长不够重视孩子的家庭。我童年时，很多同学在大冬天只穿一条缀满补丁的单裤，棉袄有的只一二颗纽扣，腰间系一根布条或麻绳。能穿上棉鞋的是凤毛麟角。有的一年四季没鞋子穿，经风霜雨雪的侵蚀，石子荆棘的磨砺，脸虽稚气未脱，脚底却如乌龟壳般结了厚厚一层老皮。打赤脚的、穿没了后跟鞋子的，有鞋无袜子或单鞋单袜的，无一例外，其脚后跟会长出长串的冻疮，皮开肉绽，脓水不断。条件好点的家庭，即便能穿上鞋袜，在没有取暖设备、四处漏风的瓦屋教室里不长冻疮就是奇迹。我清楚地记得，一到冬天，我的十指关节肿胀凸出，双手背肿得像掺了发酵粉的老面馒头，尼龙袜在脚后跟处粘连皮肉，湿答答，硬邦邦。晚上，母亲蘸点温水，小心翼翼地将袜子润湿，再轻轻地将尼龙纤维与皮肤组织剪开，袜子往往会粘上一大块没有生命力的皮肤，我龇牙咧嘴。"崽咃，忍一哈，忍一哈。"母亲端来一木盆热水，将火钳置于盆上，让我两足踏火钳，再从火塘一瓢瓢铲热火灰，往热水盆里一倒，"哧哧哧哧"热浪翻腾，姐姐强按着我的双足，将流着血水的冻疮处紧挨热气熏蒸，"痛煞我了！"两行热泪如两条长虫溢眶而出。是谁发明这种治疗冻疮的土方子，真是害死人不填命！我咬牙切齿。入夜，睡眼蒙眬中，有毛羽在脚上发出窸窸窣窣的声响，无须睁眼，那是母亲用羽毛蘸桔梗熬制的药水，在给我疗治冻疮。

再上学时，母亲往我的火笼里夹的是最大的火炭。我的棉袄棉裤里都塞进了旧衣裤,再穿上两双姐姐们穿破的打上补丁的袜子。母亲还托人买来了一顶绒线织就的草绿色风雪帽,前包额头,后覆脖颈,两侧有两根扭成麻花状的辫子,裹住两耳,垂到胸前,甚为时尚。从此,我的两耳和脸颊,再也没受冻疮之苦。提着火笼,一路上不再含腰弓背,小小人儿亦能不惧风霜而抬首挺胸了。

弹指间,我离开故乡已三十余年。初冬来临,寒霜遍地,坐在煦暖的空调房内,想起故乡的火笼以及长眠于冻土中的双亲,那火笼里盛着的岂止是炭火,亦是母亲在艰苦岁月中深沉的爱!

火患

1

"哐哐哐哐""哐哐哐哐","老屋着火了!各家各户,快去救火。"铜锣声在山村骤然响起,打破了昔日的宁静。打锣人尖厉急促的颤音疾风暴雨般直逼每个人的耳膜。一时间,做饭的一瓢水泼灭火源,劈柴的丢下柴刀,在菜园劳作的扔了锄头。瓷盆撞击声,木桶落地声,长梯磕碰声,吆喝声,奔跑声,鸡鸭仓皇飞跳声,响成一片。泥土路上,布鞋、草鞋、凉鞋、解放鞋、赤足往同一方向飞奔。脚步催生了风,催生了沙石的呻吟或飞溅、纸片的喘息或惊魂飞扬。

百年老祖屋已硝烟弥漫,砖木结构的各种梁柱与雕刻,曾经镌刻着数代人的荣光,此刻成了罪魁祸首。火舌一会儿往雕花木窗里蹿,一会儿往半墙上的木楼板冲,一会儿将房梁立柱

> 文宣逸语

上的才子佳人花鸟虫鱼——吻遍，一会儿在瓦楞木片间招摇，"呼呼呼"，一条条火龙汇聚，顷刻，半空中有重物坠落声，火球炸裂声，催促声，泼水声，抢救财物声，呼喊哭叫声，夹杂牲畜惊恐的号叫与挣扎声，村庄被各种声音笼罩。

铜锣声声，在村口山顶上响起，烽火台顶端耸立一个剪影：一手提锣，一手持喇叭，声音穿越屋宇、炊烟与田野，村庄的路上重叠更多从各条岔路赶来的脚印。邻村青壮汉敞胸露怀，鼻孔喷出粗壮的热气，一把接过满桶水，一手扶梯，"噔噔噔"几步登上楼梯，往墙头火源处用力一浇，一阵白烟旋即升起。深秋的溪流几近断流，水库都建在一公里外，人们唯一能用桶提盆舀的只有后山边一口泉水井。取水路上，老少妇孺，如搬家的蚂蚁，挑、抬、提、端，脚步匆匆。老人的脸上写满焦虑与担忧，少年抱怨不多挖几口井，妇女呵斥跑前跑后看热闹的少不更事的幼童……

一个垂髫之年的女童，在人潮中跌跌撞撞，火光冲天的慌乱成了印在她记忆深处的噩梦。刚刚还在做饭的当队长的母亲，转眼已不见人影。有人从火场里抱着半箩筐大米冲出来，头发烤成了焦黄，一捻便成了齑粉，她跑上前叫妈妈！看到有人将棉絮打湿，披在身上，一头扎进火海，她立即想：是不是我妈妈？那个端着脸盆奔跑的是我的妈妈呀，为何不肯回头看我一眼？老人说，村里的房子都是一栋连着一栋，假如不及时灭火，其他人家都可能遭殃。她吓坏了：我家的房子要是被烧了，那我吃什么、穿什么、睡什么？她哭着喊着找妈妈，声音很快被淹没了。她在取水的长队里找，在转移财物的队伍里问，朝蚂蚁上树般在一格格递水的长梯上仰望,每个人脸上都熏得黑漆漆的,头发散乱,衣衫不整,谁会在意一个孩子的诉求?

"天哪,烧了这么多房子,老天你怎么不长眼哪?"有人大哭一声,"咕咚",倒地!

"不好,是祖屋的四婆。"

人群中有人丢掉灭火的松枝与水盆,奔向村中这最年长的老人。抬脚,按手,掐人中。不济!接过水瓢,长吸一口冷水,弯腰,对着老人的脸,奋力一喷。少顷,四婆悠悠醒来,看着眼前的景象,再次放声恸哭。

阿禄婆从火场旁退出,颠着小脚碎步跑向自家的房子,她的家离祖屋隔半个山头,这会儿是安全的。禾场空场处,横七竖八堆放着人们与烈火争夺出的战利品:贴着"囍"字的五斗柜、木箱、皮箱与简易杉木床,黑褐色的米桶、粮仓,直径近一米的粗瓷大水缸,楠竹编织的背篓箩筐晒箕,铁质的墨黑罗罐、铁锅,水桶、搪瓷面盆里装着粗瓷大小碗、竹筷、竹瓢等餐具,衣物与被褥散乱,笸篮上(直径两米的圆形晒具)或坐或躺的幼童、襁褓中啼哭的婴儿。每一堆物品就是一家人的全部家当。猪狗与鸡鹅鸭,满地乱窜。"造孽哟!造孽哟!"阿禄婆的小脚迈得更勤了。两手猛力推开房门,轻车熟路从楼梯下的竹篮取了香与火纸,从火炉塘抽出一根燃着的柴棍,出门。一脚跨出门槛,想起了什么,折回,奔至床边,从床头的罐头瓶内取出几块饼干。一手提篮,一手执火棍,往正屋祖宗堂迈腿。上供品,焚香,点火纸,对着一大排黑黢黢的牌位跪拜:"祖宗老子坐得高哟,你们的子孙正在受苦受难,你们要开开眼睛照看子孙，莫让火鬼瘟神残害！"背弓成半月，两手着地。发髻不知何时散开了，白发从头箍散出，缕缕贴地，如同深冬时节严霜催过倒地的枯茅草。前额紧挨地面，"咚咚咚"地磕着响头。

女童在漫天四散的灰烟中跑过田埂，在山边对外的通道上回头，仿佛是世界末日：毁灭性的火球，影影绰绰穿梭着的人影，垮塌的屋顶，烧成黑炭样的墙皮，她全身颤抖，蹲在地上，号啕不止。

2

村口山顶有烽火台，登高而望，附近三个村庄一览无余，清朝以前有战事时点燃"狼烟"——干牛粪，村里人便上山躲藏；抗战时期瞭望口每天有人值守，一旦有敌情就举火为号。和平时期，村中的红、白事或火灾地震时以铜锣为号。"咚——咚——咚——"悠长三声，是到饭点了，家有喜、忧事的主家在催村里人用饭。村庄出现火灾、山火与地震时，"哐哐哐哐"，铜锣急敲四声，迅速集合。

北边的山经常闹山火。北山是大山，高远而雄壮，与九宫山下连绵不绝的山脉和茂密的树木不同，北山多岩石，林木稀疏，芭茅满山。春夏千山绿，秋冬百草枯。北山是耕牛放牧的乐园。农闲时节，各家各户在牛脖子上系上不同的铃铛，赶至山下，将牛绳在牛角一圈圈绕实，打个死结，任由牛儿在绿林中闲庭信步或风卷残云。牛铃叮当，山下的放牛老汉叼着烟筒，细眯着眼，享受日光的抚摸，与人天南地北地唠天（方言，意为聊天）。谁也想不到某一团毫无生气的烟屎落在枯枝败叶的某个角落，正酝酿一场弥天大火。当落日的余晖照着肚腹圆滚的暮归之牛，老农两颊酡红、眼神迷离，不远不近跟在牛后，人与牲畜的声音愈走愈远，山窝的喧闹恢复了宁静。一团白烟在他们身后悄然而起，旋即，茅草丛有植物被焖烤点燃的"嗞嗞"声，一条火线盛大登场。火龙像魔术师手中游动的红布条，一会儿上下延伸，一会儿左右飘忽。眼尖的看了，指指那一团红："喏，北山着火了。"众人顺着他的手指，摇头，叹气，如观电视屏幕中山火的镜头，无关自身痛痒。北山有什么可烧的呢，除了石头就是茅草，烧了也是白烧！山火从黄昏到黑夜，暗夜里，山那边的天空一角被映照得通红。空气中弥漫着火灾产生的悬浮物，有烟尘不断附入鼻息，人们却熟视无睹，照常酣睡。天亮时，经山火一夜的风卷残云，北山那一片青葱成了附着山体的黑乎乎的暗影，光秃秃的岩石已成焦石。烟尘尚在飘浮，不见红红的火龙，断头山的山火，不攻自灭。

倘若是村里人烧田塍、地角、山边的杂草或上坟炸鞭炮引发了山火，那是火烧眉毛的事。九宫山是以山扬名天下的，连绵不绝的山除了楠竹更多的是各种树木，山下，每一处平坦的山洼都是庄户人的住所，一处失火，牵连无数，人人自危。广播时时播，铜锣声声催，民兵带头，健壮的劳动力都必须上火线全力救火。一边砍来松枝、杉树枝靠近火源，高擎枝叶繁茂的绿植扑火，一边迅速在火势的前端从山脚到山顶辟开一条条二丈余宽的隔离带。山火到了隔离带，光溜溜的沙石无处着火，便偃旗息鼓，败下阵来。妇女提茶桶、罗罐、碗筷，送饭食送茶水，在烟尘四起处，看着亲人们一屁股坐在满是灰烬的地上大口吞咽。他们或头发烧焦,或手脸烤成紫红,或裤管成了布片,或手脚缀满水泡。无一例外,蓬头垢面,焦头烂额。

几天后,一辆警车驶进村里。纵火犯或失火者被戴上"银手镯""请"进号子,开始了他人生漫长的悔恨和反省,他的家人则四处奔波,借款借物,低眉顺眼赔偿山林主人的竹、木或庄稼的损失。

火,人们爱之深、恨之切、离之不得活的火哟!

2020 年 10 月 16 日

茶语

柴米油盐酱醋茶,这七件,烟火人家一开门就必须面对。茶虽排在末位,却是日常不可或缺之物。

1

山里人爱茶。

家家户户备有茶具。

茶瓶(开水瓶)、茶桶、茶壶、茶筒、茶缸、茶杯、茶碗、茶吊、茶匙。用具沾了茶字,便有了高古之意,日子就活色生香。

来客了,必先奉茶。一句"请喝茶",端上热气腾腾的茶水。茶叶在沸水里沉浮,茶香在陋室间弥漫,细品慢聊,一盏茶的工夫,或借钱,或请客,或诉苦,或纠纷,渐聊渐明。声音亦似添了软化剂,带刺儿、带钩儿的字眼出了喉头便温软了,细细揣之,是茶之功。

童年时,我对茶记忆深刻:一只褐色的粗瓷大土钵,粗大的茶叶卧在钵底,黄褐色浓浓的茶汤在简朴的木桌上氤氲。夏日放学归来,踮足趴在桌边,操起钵内的竹制茶吊,轻轻一舀,伸长脖子,茶水咕噜咕噜入喉,嘴角处却延绵滴落,胸前即刻濡湿一片。将茶吊丢到钵里,溅起一桌子茶水,拔脚找伙伴们玩去了,身后,是不绝于耳的臭骂。大人们喝茶却文雅得多,他们会将茶水舀进碗或搪瓷缸，端起，一饮而尽。

茶树有野生的，也有栽种的。田坎边、地头、菜园角，二三棵或三五棵零星茶树，多是农人从山间挖来移栽的。一垄垄一行行在山洼或小山包上抱团招摇的是人工培植的茶园。清明前的茶是小茶芽，一叶一芽，采茶时用拇指与食指捏住，轻轻一提，一片青绿的芽儿带着毛茸茸的露水翩然卧在竹篮底。屋前阿静婆菜园头有一排茶树，山坳凼庄稼地有十多株，山后坟边的小山包上都是矮茶树。大清早提个小竹篮出门。白雾迷蒙，青幽幽的麦苗尚未抽穗，蚕豆花淡紫色的花萼已玉立枝头，满园都是青苗蓬勃的气息。在麦地与蚕豆苗的垄间穿行，枝叶密密匝匝的，露水直往鞋袜、裤管里钻，与橡胶、纤维、织物融为一体。早春的山风并不强劲，却在裤腿、手指间、发丝间盘旋，寒噤随之而起。

太阳从学校方向射来万道霞光，小路上已有甲虫般的影子朝校园移动。我回头看看一株株摘过的茶树，那冒着的尖儿已不见踪影，茶树如一顶顶圆帽子扣在大地上，与山地的庄稼漫漶成一片青绿。竹篮底的青茶芽儿已是薄薄的一层。慌忙下山，将那小竹篮交予母亲，一手抄起简易书包，一手撅开铁罗罐上的木盖儿，红薯的清香扑面而来。塞几只进口袋，一路走，一路剥那黄薄的皮，甜腻腻的红心苕能久吃不厌。

2

炒清明茶是件细密的事。在铁锅里滴几滴茶油，小火，均匀撒青茶入锅，手贴着锅底，顺手一翻，茶叶都舀在掌中，伸开手指，让茶芽从指缝漏出，再次从锅底翻起，炒至茶香，倒进抹干净的筐篮，直挺挺的叶子蔫头耷脑，晒干，浓缩成一丝丝，封装。这是上等茶，留着待客。

  各户自家享用的茶叶多为夏茶。春茶摘过二次后生长出的茶梗粗叶大，用镰刀割去顶端的茎叶，或用背箩装，或用箩筐挑回，架起大铁锅文火翻炒。方方正正的晒箕已在打扫过的禾场摆好了方阵，横的横，竖的竖，一家挨着一家占据有限的地盘。母亲递给我一把高粱小扫帚。小帚尺盈长，用细麻索一道道扎紧，将高粱枝丫均匀分开扎成"人"字形，顶端剪圆，末端留有弧度，如一把漂亮的手工艺品。我脱了鞋袜，将晒箕一排排清扫。在等待茶叶的间隙，面积达八平方米的竹青密织的平坦晒箕，成了我们的游乐场，赤脚在其中翻跟斗，打滚儿，追闹，大人们送来茶叶时，我们一哄而散。炒过的老茶，略泛青黄，一筲箕一筲箕倒进晒箕，抓一大把茶叶按在晒箕上用力揉，揉成一团团，均匀撒散，晾晒。偶见桂圆大小圆溜溜的茶蛋，大人们会丢出晒箕，给我们当玩具。失去水分的老茶如在岁月碾压下衰老而不屈的妇人，朱颜褪尽，风骨独存。

  割过了顶端茎叶的茶树，来年生发的茶芽就更密实。

  煮茶的过程，极其简单。一只大号的铁罗罐，大半罐山泉水，将风干的没有生命原色的黄茶连梗带叶在清水里过一遍，入罐。柴火舔舐着金属罐底，一会儿，滚水将木盖子顶起，茶水溢出。放几勺食盐，丢一把花椒，抽去燃着的柴头，盖上木盖，在红炭头的余温里焖一刻钟，这时的老茶汤，没了苦涩之气，微咸，暗香，口鼻里十分受用。装进楠竹做成的茶筒、陶瓷茶壶或铝制水壶，带到田间地头，干活累时喝几口，解渴解乏，补充体能，满口生香。农人正是靠这天赐之物，完成了对四季谷物与庄稼的栽种、收成，完成一个农人对土地的索取。

3

　　茶是调节五脏六腑的媒介。李时珍曾说："茶苦而寒，阴中之阴，沉也，降也，最能降火。火为百病，火降则上清矣。"

　　的确，茶生长于清寒之地，或荒僻的山巅，或起伏的山峦，头顶苍穹，根植沙土，广纳日月精华，傲视雨雪风霜，于料峭的早春，一芽茶毫，悠悠而生。世人皆喜之，因其具有多样功能。口鼻生疮、视觉不明时饮之，能解毒消炎，清心明目；酒食过剩、精神抑郁时饮之，能祛烦除腻，神清气爽。细细剖分，还能发现各种茶具有不同功能：红茶养胃；绿茶防癌；花茶排毒养颜；黑茶软化血管抗衰老；白茶解酒醒酒降压减脂；乌龙茶减肥降胆固醇；普洱茶香气浓醇，经久耐泡；铁观音抗衰老、防龋齿……

　　木本植物的茶本是上天馈赠给子民的山珍，在山野寂寞多年，随四季的更替兀自凋敝，兀自葱茏，是神农氏尝百草，日遇七十二毒，得茶而解之，茶的功效得以被发现，被应用，被广泛流传。神农氏是茶的伯乐，茶遇到了神农就是遇到了能推介自己的良人和贵人。史上第一次出现神农氏为茶祖的资料，是陆羽的《茶经》："茶之为饮，发乎神农氏，闻于鲁周公。"而《神农本草经》与《神农食经》更是断定神农氏为"茶祖"的依据。茶圣陆羽是何等聪慧之人，吃茶能吃出大学问，所著《茶经》三卷十章七千余字，从茶之源、茶之具、茶之造、茶之器，到煮茶、饮茶、悟茶，文与图，能将一味禅茶表述得淋漓尽致，成了史上有据可查的茶文化先驱，亦是后人可圈可点的珍贵富矿。他却敬仰与推崇神农氏，只因二人皆爱茶！看来，爱茶爱入骨髓并深谙茶道的，定是有大格局之人。

种茶、采茶、吃茶、买卖茶，茶的消费以每年不断攀升的增长量给社会带来巨大的经济效益。茶的普及标志着人们从止渴到功效性的追求，是一个时代从温饱转向殷实、富庶的过渡，亦是一个民族文化与精神内涵的提升。

4

少年时，有一段茶缘，刻骨至今。

初中毕业那年，从学堂回归家中。九年义务教育已完成，还有学上吗？是不是与邻家姐姐一样，面朝黄土背朝天，然后在本地媒婆安排下，与哪个陌生男子见面、订婚、出嫁，重复姐姐们的生活轨迹，生一堆儿女，操心劳碌，终其一生？这个暑假，十五岁的我对未来充满迷惘和担忧。终日在等待那一纸改变命运的通知书。7月末，同村发小新顺的高中录取通知书到了，却迟迟不见邮递员上我家门（后来才知通知书已送到我二哥工作的粮管所）。我慌了，平生第一次找父亲谈我的未来。父亲说：收到通知书就读，否则回家务农。心有不甘！我要复读。我得自己去赚学费！砍柴、卖苦力等活儿弱女子干不了，摘茶叶是指尖功夫，女孩子都能做。一条扁担在稚嫩的肩头晃晃悠悠，一头是背箩——装着大米、油、盐、干菜与洗漱用品，一头是蛇皮袋——旧棉被卷成的行李包,随同村的姐妹去三十里外的杨林乡郭源茶场摘茶叶。

弯弯曲曲的黄土路上,不时有装载竹木的大卡车轰隆隆而出,卷起漫天灰尘扑面而来,我们一行十个女孩,远远见车驶来,一手捂住口鼻,一手压着肩上的扁担仓皇让道,汽车的黑色尾气与驾驶室内年轻司机轻佻的调笑一同映入眼帘,我又劳累又沮丧。

进山的公路沿着山边无尽延伸。炽烈的阳光炙烤着大地,路边葛麻藤阔大的叶子四周已卷起,蔫巴巴地下垂,白色的底面翻卷上来,给人以无力感。沿途是青砖瓦屋或新建的土瓦房,一个又一个村子被抛在脑后。走到留阻村时,已是下午一点,从早上六点出发,连续走了七个小时,人人精疲力尽。远远望见山边有一户人家,各自强打精神期待在屋檐下歇脚。十副行李与十个花季女孩横七竖八地瘫倒在土墙的屋檐下,阳光直射下来,头发、衣服上蒙着厚厚的尘土,脸与脖子流过汗之处是一道道白印。难民般狼狈!就着一线山泉胡乱洗把脸,喝几捧水,拿出母亲做的二粉麦馍(头粉为白面,二粉乃带有麦麸粉碎的稍黑馒头)时,眼泪吧嗒吧嗒掉下来,滴在馒头上,咸津津的。

应红是我们这群人中的领头,她长我五岁,按辈分,我称她姑。她家人口多,小学没毕业就四处打零工赚钱养家,才二十岁,已是颇有经验的采茶女了。她一会儿说过了这个山头就到了,一会儿说那个村就是茶厂,引领我们跟跟跄跄走过一村又一村。到了郭源村,我已两肩红肿,扁担一换肩就痛得龇牙咧嘴，只得两手擒住扁担头两侧的行李，以减轻肩头的负重，两腿似灌了万斤铅，最要命的是：饥渴难耐！

再看看应红，她瘦小的身子骨儿亦是满身疲惫，缺血的苍白的双唇紧闭，任凭我们问话也不答一言。

她在路边的一户人家前停步。

四根杉树树干搭建的简易瓦棚内，一张木桌，几张条凳，几把竹椅。有茶香！我吸着鼻子寻找茶源，茶香从桌上木桶中袅袅而出。黝黑的大木桶如乡里人平日的挑水桶，三个带钩儿的竹吊挂在桶沿，桶边有几个竹制茶杯。

"这茶是专供过路人喝的。"我的问话尚未出口，应红先开了言。一行人即刻丢了担子，两眼放光奔到茶桶边。竹吊早已被人抢先一步伸向茶桶，余下的人眼巴巴看着茶水在她们喉间欢畅。舀了一吊又一吊，她与她，素以姐妹相称，此刻，全然不顾视线里众多焦渴的火苗，自顾自将自己的每一个细胞饱胀茶水。

等到我与同学新顺抓到茶吊时，桶底只剩下厚厚的一层茶叶。嘈杂声中从里屋走出一个少年，瘦高个，两只大眼睛黑溜溜地蓄满精光。他看了看茶桶，又看看握着茶吊的我们，进了里屋，旋即，与一个中年妇人抬着大号的铁罗罐稳步走出。他们将茶水倒进木桶的那一刹，人群有了欢呼声。

茶叶与金银花在木桶里沉浮，老茶香，金银花香，茶桶杉木的陈年暗香，定格在一个少女的记忆中。

二十天后，我带着蚊虫叮咬抓挠后的瘢痕与酷暑暴晒下的满身红疹，怀揣在郭源茶场翻山涉水摘茶的收入——九张皱巴巴的壹元红纸币，拿出其中的七张去杨林中学报了名。在复读班，我意外发现后桌的男孩居然是在郭源村路边茶亭倒茶的那个少年，他家茶亭免费给路人供应茶水已十余年了！若干年后，这个叫孙钦颜的同学成了小城医疗界颇有声望的领头人。爱出者爱返，福往者福来，他以另一种方式延续着他母亲施茶的善行……

5

有了摘茶赚取学费的经验，此后，每逢假期，我便与村里的女孩一同四处摘茶。离家四十余里的九宫山下的船埠茶场几乎成了我们文宣村女孩子找副业赚费用的据点。经常，夏日的半夜时分，母亲起床做饭，天没亮我们就背着生活用品、举着松节油点燃的火把抄小道出发。有了火柱的光亮壮胆，女孩子在无人居住的山洼穿行，不再惧怕传说中的"鬼撒沙""鬼剃头"。长路走久了，腿形亦有了变化：大腿硬邦邦的，手一摸，能感知半腱肌、股二头肌、股外侧肌上鼓凸凸的肌肉，小腿的腓肠肌"老鼠肚"似的隆起，不再有女孩子该有的清秀"玉腿"。

进九宫山的路那时是石子土路，坑坑洼洼，塑料凉鞋薄薄的底踩踏其上，甚是硌脚，走二十余里，两腿便迈不动了。路上，听到身后传来汽车声，壮胆，挥手。小轿车不多，多数是进山运载竹木的卡车，多数司机不理不睬，一脚踩了油门，轰然而去。倘若遇到好心的司机能停下来捎带我们一程，那将是无比幸福的事：一群人费力爬到敞口的车斗上，两手紧紧握住车斗的横杆或两侧的护栏，山风浩荡，头发一根根直起，一会儿抽打自己的左脸，一会儿拍打右脸，衣襟鼓鼓扬起，如急行骑手举起的猎猎旌旗。紧紧挨着的女孩们，看着彼此红扑扑的脸被风吹得没了血色，紧张而兴奋，皆伸长脖子，高声说话。树木与建筑物在身旁一晃而过，沿途等车的乘客或村民投来羡慕的眼神。这种在蓝天下风驰电掣的刺激和快乐，与唐朝诗人孟郊四十六岁时考中进士"春风得意马蹄疾，一日看尽长安花"的心情有得一比。多年后，回想起那一幕，依然血流加速，嘴角上扬。

6

船埠茶场在船埠村右侧进山二里的半山上。两栋土筑的房子，一栋是宿舍，一栋是茶叶加工车间、仓库及食堂。宿舍是大通铺，室内阴暗潮湿，无桌无椅，唯一的物件是一只用于起夜的尿桶。光线从无玻璃的小窗洞透进来，那情景一如电影中旧时的牢房。天一放亮，山雀子叽叽喳喳将人们从睡梦中惊醒，大家邀约着起床，去后山摘茶。约莫过了两个钟头，日上三竿，该吃早饭了，一背篓淌着露水的茶叶随着主人轻捷的脚步下山。在过磅处，一个操着横石潭口音的瘦子中年男人嘴里叼着香烟，两眼漠然，他两手伸进背篓使劲一抄，茶叶从沿口簌簌掉地，我们心痛得不行，那一片一叶凝聚着我们多少心血啊！为了摘几片好茶，有一回我在梯田似的高塝边缘低头弯腰，眼与手专注于那一丛青绿，雨后山坡的沙土是松软的，重力踩踏其上，渐渐下滑，不提防一头栽了下去，背篓的茶叶尽数散落，辛劳付之东流。更难堪的是，头发、衣裤、鞋袜都沾满了黄泥，脸与手,被划出一道道血印,那一刻,曾经的年少轻狂被践踏得体无完肤,昔日的梦想跌入谷底,两条热流不争气地从眼眶汹涌而出。

将茶叶翻个底朝天是检查茶叶的品相与等级,一芽一叶为一级,每斤工价两毛;二片叶的为二级,每斤一毛五;三片叶的是一毛。等级全凭那"瘦猴"定。碰上长相甜美的女孩他会两眼放光,趁过磅时捏一把那能掐出水的白嫩肌肤。多数女孩会怒目相向。亦有脸色绯红却不愠不恼的,在众多鄙夷的视线中将品相并不算好的茶叶倒进一等级的茶堆。茶叶轻,不压秤,满满一背篓,往往不足两斤,瘦猴用那剔去了脂肪的两指将笨重磅秤的滑动盘一会儿拨向左,一会儿拨向右,在天平翘到最高处时,报刻度斤两,记数员即刻写上数字,全然不顾忌那些喷着怒火的目光。

黄昏临近,是山蚊子粉墨登场唱大戏的时候,京剧、楚剧、采茶戏,或铿铿锵锵,或嘤嘤嗡嗡,或余声悠长,不绝于耳。两掌对空一拍,掌心即刻多了几只尖嘴长脚鼓肚的血蚊。

伙食是各自在食堂蒸饭菜。常见的菜是干腌菜、干萝卜丝等低廉的菜,干豆角、干竹笋与干豆腐渣那是条件较好的家庭。吃饭时,大家将大小不一、颜色各异的搪瓷筒放在一张没有靠背的椅子上"打平火"。在高温下蒸久的萝卜丝、干豆角等泡得胀胀的,极为下饭。大家或站或蹲,搛点菜,扒几口饭,报一下各自摘茶的斤两与等级,众口一词——无非是议论那过磅员"瘦猴",在口水声讨中他一会儿是电影《半夜鸡叫》里的周扒皮,一会儿是《白毛女》里的黄世仁,一会儿是《西游记》里的牛魔王，一会儿是《闪闪的红星》里的胡汉三。女孩子们搜索有限认知中的几个反派人物，调侃一番，渐感愤懑平复，内心十分受用。

黑夜来临，没有灯光的宿舍如一顶黑色的斗篷。山风吹过时，风与枝叶的摩挲声、亲吻声掠过屋顶，感觉斗篷触手可及；无风无星月的夜，斗篷是一张无边的网，织进幼年与少年时不思上进的恼，不听父母师长劝学的悔，对未来无所知的迷茫与恐惧……

当四肢与硬邦邦的木板融为一体时，一整天在茶园弯腰弓背疲累的身子骨儿得以舒坦伸展。在蛐蛐、夜莺、猫头鹰与蚊虫忽高忽低的唱和中，周公已恭候多时。

茶是山区少女追求梦想、实现梦想的载体。在某个洒满阳光的日子，我们结伴搭班车晃悠悠进城。看着那些眼羡日久的城里女孩才有的漂亮发卡、凉鞋、蝴蝶结、遮阳帽、的确良衬衣，或者胭脂、水粉、百雀羚、小人书，我们掏出裹着自己体温的钱币，换回自己心仪的物品，满眼含着笑回家。关上房门，拿起镜子，前照后比，圆圆的镜子里，一朵花苞，绽开，绽放，数次……

摘茶的过程是苦乐并存的过程，亦是磨砺意志、自我反思与自我成长的过程。因了这段经历，继续求学时我便再也不敢浪费光阴。多年以后，我的案头上有各种茶，包装有繁有简，茶汤亦红亦绿，各色茶浅尝辄止，被一一安放进玻璃柜子。隔着玻璃，我想象着金属制品、陶瓷器皿、锦缎丝绸包裹着各种茶品的生命气息，是谁的指尖留下过体温，潜意识里会对照过往，躬身自省，或心怀感恩。甚至，会想起幼年时捞起茶吊狂饮的情景，很想体味一把儿时的快乐。午后，乐颠颠煮茶，舀茶，茶水入喉时，轻悄渐进，哪怕是长夜伏案，以茶提神，再也没有茶水浩荡入口的感觉，摇头，熙然一笑：再也回不到从前了！

2021 年 4 月 21 日

说猫

当下人养宠物，猫为首选。

猫温驯、通灵、卖萌、讨巧，为老少膝下的玩物，给人解闷，供人消遣。猫从野猫跃为新宠，是动物世界中野生动物进化、演变、驯化为家猫的成功典范。白色、黑色、黄色，这些纯色猫种为宠物猫中最博眼球的抢手货。

城里人养的猫可娇贵了：吃的是专用猫粮；睡的猫窝分冬窝与夏窝；拉个大小便有专用猫厕，铺上一冲就化的香型猫砂；洗澡有专用毛巾、毛刷、沐浴露、吹风机。有人给其梳猫毛、剪指甲、打疫苗、种猫草；还有猫抓板、猫玩具、猫零食呢！猫被照顾得妥妥帖帖，睡觉时会蜷缩在主人身边打呼噜，俨然成了主人家的宝贝。乡里人进城走亲戚，见了猫，惊叹猫不知是几世修来的福！

养尊处优的猫被养得膘肥体壮，毛色发亮。偶有饿极了的老鼠顺着水管爬上楼来觅食，被猫撞见，猫吓一跳，胡子横吹，毛发倒竖，做愤怒状，张嘴发声欲唬住鼠，声带却被勒住似的，低闷地吼几声，笨拙的身子却不敢拢上前捕捉。这时的猫，会不会恨人类使其失去了千古以来"猫捉老鼠"的功能，是否怀念它那曾在天地间纵横、上房能揭瓦的野猫祖先？

乡里人养猫是用来捕鼠的。即便是富裕家庭有点闲钱，也只会将毛票子一张张攒着留给子孙，极少有人去养那无实用价值的宠物狗、猫。农人天天与泥土打交道,可没那闲情逸致抱一只猫到田间地头做伴。农人的活计太多了,一年到头干不完,他们没有退休工资,一年年在土地里刨食,直到挥不动一杆锄头、挑不动一担谷物、两腿迈不动了才从泥土里抽身躺到床上,才有了他真正意义上的休息。农人具有"常将有日思无日,莫待无时思有时"的忧患感,有吃了上顿愁下顿的危机感,怎么会将他们直觉为低贱动物的阿狗阿猫当成宝物请上自己的案头或枕边?

　　农人养狗养猫,多是给狗钵猫碗倒点剩饭剩菜。能从口里匀出点吃食,便被乡人称为有爱心的"善人"。

　　母亲不养看家狗,却喜养猫。母亲养猫是从二十世纪八十年代初开始。那时家里渐渐能吃饱饭。猫是母猫,乃常见的麻灰杂色,没有名儿。家人只需长长地唤一声"喵",在房檐下晒太阳或在天井的青石上打盹儿的猫儿即刻会跑到脚边。我们上饭桌前,母亲先用木瓢盛一小团米饭,淘点菜汤,搅匀,倒进墙角的猫碗,这时的猫,尾巴高高竖起,尾巴尖端左右摇动,在母亲的两个裤管蹭来蹭去。

　　村庄地处偏僻的山区,无河流,祖上在山窝不同方位的垄垄岔岔的高处,举全村之力筑建了四口储水的堰塘,掘一条小渠沟,引水下流,用于洗衣物、农田灌溉、耕牛饮水与浴澡。水资源缺乏的地方,鱼虾极为少见,农人干瘪的肠胃尚缺少鱼腥物,猫儿想闻腥都难。因而,村庄的猫多数是精瘦型。

　　猫在邻家屋顶的瓦片上窜来窜去,尖声号叫是三个月后的事了。我家靠近山边,地势高,屋前的禾场与邻家的屋顶几乎齐平，猫轻身一跃，就能跳到屋顶上。猫儿顺着瓦楞上腾下跳，四下张望，"喵喵喵"，附近的猫儿闻声而至。它们在一进三重阔大的黑色瓦顶上翻滚、追逐、谈情说爱，也会抓挠、互殴、撕咬着从屋檐摔到地面。站在禾场上我们看戏法般能看到现场的温情或惨烈。夜间，猫的号叫声传到窗前，一声高一声低，如小儿急促的啼哭，阴恻恻，惨凄凄。第二天一大早，二房的望娣婆看着屋檐下一堆摔碎的瓦片，气不打一处来，两手叉腰，骂开了："是谁家屋刹头猫切颈猫哟，又把我屋瓦翻倒了，落雨又要漏水了。害煞人哪！主家要管啊！再上我屋顶，我要抽其筋剥其皮！"她高而瘦，骨架粗大，咬字很重，猫字读成"妙"音，尾音拖得长长，她骂一句，两掌朝空中奋力一拍，仿佛猫就攥在掌心，一掌就能拍死。咬牙切齿时，嘴角不时有白沫溢出。左邻右舍养了猫的都不敢吭声，只低声嘟囔："猫叫春，管得了？你能捆住猫脚捂住猫嘴？说话有得油盐！"小媳妇们听了，相视一笑。

　　猫日见肥壮，成了捕鼠神器。那时鄂东南民居都是青砖瓦房，建筑特点是阔大门楼，外形看起来只一层，除了底层住人，楼板到屋顶之间是个极大的空间，能储存农具、食物，住房少人口多的家庭会在楼板搭铺睡。有粮食的地方，也是鼠类猖獗之所。通常，老鼠在长长的楼板来回追逐，如奔马在赛马场疾驰，"咚嘚咚嘚咚嘚"急响，夜间更甚。如此放肆，严重影响人的睡眠。一家人无计可施，心中莫名焦虑。母亲有时用长竹篙敲戳楼板，有时半夜打手电筒爬梯上楼赶老鼠：竹篾粮仓被老鼠咬了个缺口，豆腐桶的木盖子有两个鸡蛋大的眼，得赶紧拿铁皮钉上。母亲又急又忧：老鼠做窠，要翻天了！母亲给猫碗的食物渐渐减少，一到天黑，早早将门窗关紧，不让猫夜间外出。白天，将暖阳下睡懒觉的猫抱回。楼板一有响动，猫就顺着木梯蹑手蹑脚向上爬，在楼梯口处探头探脑。少顷，打斗声、撕咬声、尖叫声，响成一团。不一会儿，猫头朝下，翘尾，四爪抓木梯，顺溜而下，在底端两格梯处，飞身下跃，稳稳着地，嘴里咬着的灰鼠，一边挣扎，一边"吱吱"惨叫。母亲见了，喜颠颠过来，轻轻抚着猫的脊背，笑眯眯："崽的，今日又立了功！"

猫捉老鼠的游戏玩够后，猫才衔着奄奄一息的战利品，在墙角大快朵颐，口里发出急促的"喵呜"声，它的神态告诉我，它是多么的快活啊！随后，惬意地歪在屋檐下，尾骨着地，右前爪支撑身子，举左前爪，伸出红红的舌头舔两下左掌，左掌朝脸上抹一下，如此反复，换掌抹脸。

"猫在洗脸呢！猫一吃完就洗脸，比人讲究。"姐意味深长地看着我。我下意识地抹抹嘴角，一团黏糊糊的红薯黏在指腹。

"你在骂我？"我举起小手去捶她。

"花脸猫！"姐笑着躲闪。

母亲盯着猫圆滚滚的肚皮：猫怀崽了！

猫落崽是件大事！堂前楼板的草堆里，窸窣有声，不时有稻草掉下来，母亲一会儿拿件破衣服，一会儿用搪瓷缸盛糖水，在楼梯麻溜上下。好奇心驱使，我跟着母亲爬上长长的木梯。麻灰的母猫躺在垫着布片的草堆里，肚子如一条装满红薯的布袋。它一会儿朝草堆里拱，一会儿艰难起身。我曾听过同一栋老屋的堂婶生堂妹时，叫声惨切，两栋屋的人听了心里堵得慌。

"猫落崽怎么不叫唤呢？"

"畜生怎么能跟人比？畜生叫了也是白叫。"

"畜生是前世做了坏事和欠了债，这世来偿还的！古人说，不要骗人钱财、害人性命，要不然，来世要变牛变马去报答。"

母亲的话，我似懂非懂。

我偷偷上楼，草堆里三黄、一黑、一灰，五只斑纹小猫齐刷刷挤进母猫怀里吸奶呢。个大的那只小黑猫是猫王，衔了一只奶头还用前爪占一只，唧嗒有声。母猫躺在地上，眼神温和却神情憔悴。我近前伸手想摸摸小猫，母猫"呼"的一声站起，尾巴翘起，弓身前扑，将小猫护在身下，嘴里发出尖厉的"喔哦"声，看样子，我再向前，它的爪子定会一掌搊来。冲蛋花汤，煮面条汤，母亲端着发奶的食物爬上爬下。看着一天一个样的小猫奋力拉扯着母猫的奶头，发愁！

"奶水不足，你们到沟里抓鱼。"母亲递过捞网。弟弟拿网，我捧空罐头瓶，俩人赤脚踏进窄长的水沟。水一动，那些在水凼里游动的小鱼儿如一个个黑点，仓皇四散。机灵的弟弟将捞网往水边的草蔸、洞穴里伸，猛一提，网内总会有鲜蹦活跳的几只小鱼小虾小泥鳅，双手捧起，指缝微张，让其溜进装有清水的罐头瓶。瓶内即刻水花四溅，欢腾不止。

我俩深一脚浅一脚在水沟里蹚水，腿脚处奇痒，低头，有蚂蟥叮住小腿。我一手捂着罐头瓶口，弯腰来扯，蚂蟥伸缩性极强，身子拉得老长，头部却依然在皮肉间如磁铁般吸附着。平生最怕蛇、蚂蟥、百节虫这些软体动物，这会儿手一软，两脚在水里弹跳不止。弟弟见状,大笑,伸手奋力一扯,一条殷红的血线顺着小腿往下淌。他将蚂蟥放于一石块上,挥起另一石块,猛击:"我让你吸我姐的血!我让你吸我姐的血!"

鱼虾用油一炸,香气在屋宇间游走。我们巴巴地望着,母亲捞起一二只,置于我们手心:"尝一口,香下嘴,不要偷吃,要给猫留着。"有了鱼虾煮汤,母猫瘪塌塌的肚子鼓了起来,夜间,小猫儿不吵闹也不打架了,母亲不用半夜起床去看猫,亦能睡个安稳觉。

母猫一年能落两窝崽。猫儿长大后,一些是无偿送了人,一些是在成年后找了伴侣,私奔了。猫不见了,主家不会去找,几天或几个月后在路边或某一个村庄,看到猫灰头土脸,仅一层皮包着身子骨儿,主人怜惜、叹气。猫闻到主人熟悉的气味,怯怯地走上前,在两裤管间穿来穿去,颠颠地跟回。

我家的那只母猫是三年后死去的。按猫的生长年龄推算,猫三岁相当于人类的二十八岁,正值生命力旺盛的时候。猫呕吐、拉稀,母亲给它喂水、喂青霉素药粉,都不中,后来连续抽搐口吐白沫而亡。母亲认定猫是被毒死的。以猫灵敏的嗅觉与慧根,绝不会吃死老鼠,是捕食吞了鼠药的鼠,毒死了猫。村庄多年的惯例,死猫是不能埋进土壤的,老人说猫有九条命,土葬会吸取大地的营养,吸了土气的猫就会还魂复活,猫不能轮回投胎,会化成猫妖,祸害主家和村民。也有人说,老虎的祖先是古猫。还有人说猫是老虎的师傅,是猫教会了虎生存技能,体态彪悍的虎在日渐强大后想吃掉猫而称霸百兽,虎在追逐猫时,猫走投无路,纵身一跃爬到了树顶。猫恰恰是留了这一手,没教过虎爬树才得以逃生。后来,虎捕食所有动物,独独不吃猫。人们为了纪念猫的智慧,将死猫挂在树头,提醒后来人:凡事留一手,是没有坏处的。

猫死了,眼睛却是睁开的。母亲用温水给猫洗脸洗眼睛,将它的眼睛合拢,我们都不敢吭声。弟弟以麻绳紧捆猫的颈部,用竹篮提到后背山,爬上粗大的泡桐树,挂在树丫上。若干天后,麻绳尚未断裂,猫的肉身渐渐失去水分,最后风干成一张猫皮,随风摆荡。在砍柴的路边,在山地的边缘,经常会看到桐叶落尽的泡桐树上高挂着死猫,状如吊死鬼,我走过路过时猛然抬头,会吓一大跳。

2004年,母亲病重,留在母亲身边的是一只生活了十六年的黄毛猫。母亲临终前几个月对吃食很是挑剔,鸡、鸭、猪、牛、羊等肉类轮换着吃,而且只吃头碗汤,第二餐或是掺了水加热的,她喝一口就吐出来,掀碗捶床,以头撞墙,这种反常举动与昔日以慈祥著称、处处为他人着想的母亲已大相径庭。保姆辞工了。众兄妹协商让脾气温和的二姐专程回乡伺候老母。村里人说母亲是衣禄没吃满,临死前才特别想吃平时不舍得吃的。人这一生要吃多少米、喝多少水、穿多少衣都是上天注定了的,没吃够、喝够、穿够的,阎王老子不收!老人还说在世时话多的死后在阴曹地府要掌嘴,水用多了的要坐水牢。说归说,无人去辩证。子女只是尽己所能为一生节俭的风烛残年的老人尽点孝心。村庄附近的家禽买完了,一家人分头行动,到燕厦乡买鲜鱼,到洪港镇买羊肉,到横石街买土番鸭,到夏铺村买黄牛肉,想方设法给母亲弄吃的。母亲吃剩的饭食谁也不敢吃,猫吃。肾衰竭的母亲在病床上呻吟,肚胀腹圆的猫在母亲的榻凳前打盹儿,一个七十四岁的老人与一只生活了十六年、等同于人类八十岁的老猫,在老屋,共度最后时光。

四个月后,母亲走了,猫不吃不喝,在老屋没日没夜地叫。头七,二姐回家祭奠,楼上楼下,屋里屋外,不见猫。满七时,烧母亲的衣物,在衣柜深处,拉出母亲的棉袄,猫在,已只剩皮与骨。

2021年4月作,2022年3月21日改

蓑衣归来

老家禾场边有一条小路，呈"丫"字形延伸，通往两个山荡，依山就势辟有一道山沟，春夏雨季时节，小沟涨水，二三尺宽的小路时常被冲毁。后来，家人先后栽上了棕榈树、枣树与柏树。树根能阻挡陡坡路面的沙石下滑，亦可在山洪暴发时缓解洪水对路面的冲击，还能美化庭院环境。因而，一年四季进出门时，入眼那一排青绿棕榈树，清清爽爽，很是养眼。

听老人言，这些树乃我曾祖父盛年建老屋时栽种，屈指算来，已有一百多年矣。

枣树枝条干瘦，对季节的变化不敏感，整个春天都在孕育。当春季繁花落尽，它才不紧不慢扬起黄色小朵，结出黄豆大的青枣。在果树稀缺的年代，哪怕果树上结出的是石子，亦会被视为珍宝。青枣如指甲面大时，顽劣的孩童便迫不及待扯枝折条，捋个精光。那一颗颗小枣，躺在脏兮兮的掌心，如一粒粒宝绿玛瑙，被反复摩挲，捂得温热，才放进口中，苦！涩！却不舍得吐出。因而，多年来枣树不见生长，亦不曾见过红果挂枝的景象。

家乡人称棕榈树为"棕树"。棕树高约一丈余，为四季青葱的常绿乔木，在菜园边、猪圈、牛棚、碓臼、田坎旁常见。茎呈圆柱形，下粗上细，直立，不弯曲也不分枝，一节一节向上生长。因叶柄常被斫伐，节上残存有不易脱落的老叶柄茬荑，

> 文苑逸语

摸一把，很是扎手。茎上长着一层层毛乎乎的棕皮，棕毛的色泽是时光的调色板，年轮愈长，色泽愈深。底部为黑褐色，往上渐次为褐色、深棕、浅棕，茎顶处一丛青绿叶呈蒲扇形向四周的空间争夺地盘。

孩童对棕树不那么待见。棕树节节疤疤的，粗糙的树干不能攀爬，开的花一嘟噜一嘟噜像鳊鱼肚里黄黄的鱼子，很是诱人却不能吃。那年，我偷偷掐了一把"鱼子花"丢到嘴里，立马吐了出来，又苦又麻，还有浓郁的青柚气，冲鼻子，害得我一整天吐口水。姆妈闻到我口鼻的气味，极少打骂我的她气急败坏："剁头女，那是恰不得的，有毒，要闹死人的。"忙从水缸里舀一瓢冷水，按着我的头要我喝，说是给我"灌肠洗肚"清理余毒。有了这次教训，在果子由青转成紫黑时，一粒粒像熟透的葡萄倒挂着，眼馋嘴也馋得紧，几次伸手却也不敢摘，怕毒死了。

《本草纲目》里对棕树花有详细的描述："三月于木端茎中出数黄苞，苞中有细子成列，乃花之孕也，状如鱼腹孕子，谓之棕鱼，亦曰棕笋。渐长出苞，则成花穗，黄白色。结实累累，大如豆，生黄熟黑，甚坚实……有毒不可食。"正是棕树花的外形有别于其他花卉，在食物紧缺的年代，人们宁可在田间挖鱼腥草、到山上挖丝茅根果腹，却鲜有人去尝试这种诡异的食物。究其原因，是"人命关天"的大事，谁也不敢拿性命去冒这个险。估计尝遍百草的药王神农氏，踏遍千山万水的药圣李时珍老先生都没有尝过这棕树花，若不然，史料何曾没留下能食用的片言只语？"有毒不可食"，给人留下的是有毒的传闻。如今，据说一些地区将成熟的棕树花与腊肉红烧或清炒，芳香扑鼻，是不可多得的佳肴，而我的乡邻同党，一年年看着那一串串累累"鱼子"，青了黄，黄了枯，风干落地，无人捡拾。

棕树的叶儿大，在叶柄处，绿莹莹，似一把把小伞，能遮阳蔽日。日头毒的时候，田间地头干活的农人，有时后背炙烤得受不了，就找棵山茶树或棕树，在下面休憩一会儿。起风了，夏日的山风从山岔里呼啸而来，长风浩荡，棕树的扇叶儿噼里啪啦，响成一片，那是强劲的生命在弹奏激越的音符，昏昏然疲乏的农人此刻亦如打了鸡血，起身，拍拍屁股的尘土，继续莳弄那片填饱肚腹的庄稼。

棕叶是顽童们可攻可守的玩具。趁着大人不在家，搬个椅子，一人扶椅，一人踮脚挥刀去砍棕叶。一干人举着坚硬的叶柄，将那一面青幽幽的棕叶当旗子舞得飒飒作响。玩着玩着，尖利的叶片边缘不小心划着了你的胳膊，或扫了她的头顶，适才结为攻守同盟的你我，转眼成了不共戴天的仇敌，都拿棕叶当成攻击对方的武器，利器所到之处，飞沙走石，尘土飞扬。

北风怒吼的夜晚，棕叶相互摩擦、撞击，瑟瑟有声。而房屋紧挨山体，狂风卷起陡坡上的沙石，掉落在近处的屋顶上，沙沙作响，戚戚然。"鬼掷沙了，快困（方言，意为睡）。"在床上疯闹的孩子们一听此言，连忙吹灯灭烛，钻进被窝，蒙头盖脸，大气都不敢出。

农人对棕树情有独钟。

谚语云："家有千棵棕，子孙不受穷。"

棕皮在农村能派上大用场。树干密布网状纤维，受老叶柄基部的牵扯，棕皮不能自行脱落，需人工剥除。秋冬时节，是割棕毛的最佳时期。父亲拿了锋利柴刀，沿树身360度轻轻转圆圈割棕毛，剥一层，升一层。我们在树下捡，一层层叠好。棕衣多为棕褐色，底部较为软和，顶端很是毛糙，一棵棕树能剥下满满一箢箢棕毛。晒干，捆扎保存。棕毛的用途很广，织棕床垫、制作毡毯、棕扫帚，甚至剪成一寸多长的一段段，将竹片打磨光滑，钻孔，做成棕毛刷子，皆经久耐用。

最常用的是棕绳与蓑衣。棕毛质地柔韧，能丝缕分开，却不易撕断，编成的绳子与蓑衣结实耐用。浇水润湿，一绺绺捻成细细的长条，两手左右开弓搓成麻花状绳索，用桐油浸泡后晾干，再将两股绳索合搓成四股或八股，在绳子一端打个死结，另一端绑个木钩，稻、米存于楼上粮仓，红薯入地洞，全靠这一条棕绳忽上忽下。人站在高处，往两掌吐点口水，拉绳子时便有了摩擦力，一鼓作气吊上农作物。因农人频繁使用，人体唾液与汗液的日久滋养，棕绳从棕色变成沃土般黝黑，然其使命不减，不腐不烂，有的一条棕绳能用两三代人。

蓑衣是农家必备的雨具，在塑料尚未盛行以前，蓑衣已在民间流行了数千年。制作一件蓑衣，得积攒一棵棕树五年以上的棕毛，且手工费不菲。

那年暑假，一大早，忽听门前有人高喊：缲蓑衣哟，缲蓑衣！阳光下，走来一中年汉子，穿无袖对襟布衫，肩上斜挎黝黑的帆布袋。住在老屋左侧的细婆闻声，抱来两大捆棕毛："师傅，缲一件蓑衣。"

汉子面露喜色，撩起前襟抹一把脸，弯腰将上堂地面扫净，下蹲，掏出工具：剪刀、铁锤、磨刀石、棕线、顶针、棕耙。然后，解开牛皮纸包裹，展开，是银光闪闪的针。针分大中小，皆一头扁尖，一头留有针鼻，大针约八寸余长，小的约三寸。其中，有两枚半圆形针，一头细尖，如下弦月。汉子用黑色的石块在地面画一个蓑衣雏形框架，将粗瓷大碗倒扣于地，沿碗口边缘用细棕线编织一圆形领子，顺着圆领向四周铺一层棕毛，以弯形针缝一路针线，在棕毛接头处加棕叶，来回缝两路线，以保持无缝对接。一层缝制完毕，每隔寸距缝一排棕线，拉紧，以铁锤捶平，密密匝匝走线。不一会儿，汉子手臂上便汗珠如豆。他脱掉上衣，喝几口水，再铺第二层。如此反复，背上已汗水淋漓，裤腰上濡湿一片。在近旁，能闻到他身上热烘烘的汗味。

在主家吃过午饭，他坐在天井边的风口抽几口旱烟，埋头继续他的活计。我午后醒来，但见他在成形的蓑衣上飞针走线。棕索抹了桐油，入棕出棕时窸窣有声。针脚对针脚，针路对针路，疏密均匀，走线流畅，线条呈现圆弧形状，一排排，很是工整。收边，修剪，黄昏时分，一寸多厚、一米长的蓑衣已经完工。用锤子细细捶打一遍，使之软和，将毛糙的棕丝理顺，汉子抖抖尘土，提着蓑衣，如看着一件造型美观的工艺品。接过细婆递过的四元工钱，喜滋滋道谢而去。

缲蓑衣是难度较高的细密手工活，讲究经纬度对称，大格局是五纵四横。粗看像"衣"或"家"字，细辨如"个"或"人"字，亦如"井"或"田"字，从图像看如乌龟形状。文宣村方圆数十里无人会此活计，手艺人多来自黄陂、大冶一带。完工

文宣逸语

后的蓑衣，极像一只展翅的蝴蝶，无袖，穿在身上，能使领口以下的躯体不被雨水打湿。我在乡村居住了十九年，仅仅见过那一次缝制蓑衣的过程。乡亲们将缝制蓑衣叫缲蓑衣，"缲"字亦是包含了对能工巧匠的褒奖。

蓑衣具有透气、耐水湿、久穿耐磨等特点，农人家家备有蓑衣。

我家披厦的土墙上，挂着两件黑褐色的蓑衣。犁田、耙田、栽田、插红薯苗的时节，正是雨水充盈之时。农人按老祖宗留下的惯例——一年中的二十四节气下种、耕作、收割，不会因下雨而歇息。唐朝诗人崔道融曾写有农耕诗："雨足高田白，披蓑半夜耕。人牛力俱尽，东方殊未明。"可见冒雨耕种不错过节气是古今农人的同一认知。半夜耕种我未曾见过，披蓑戴笠下田劳作在我的家乡比比皆是，成了春播季节中一道亮丽的风景。白亮亮的水田间，农人高卷裤腿披蓑衣戴斗笠一字排开，手持秧苗，在毛毛细雨中亦栽亦退。半晌时分，主家送"过中"食物——鸡蛋面条或糯米坨等加餐，以补充体力。一些地方甚至在田塍边，击鼓对歌，呐喊助威，增加劳作的乐趣，减轻长时间弯腰插秧的劳累。一丘田栽完，秧苗均匀，横竖成行，农人很有成就感，刮去叮在脚肚的蚂蟥，一同走向下一丘。

一件蓑衣大约八斤，宽且长，厚实笨重，提起来挺费力。秋冬下雨时穿其劳作犹可挡风寒，春夏披蓑衣是活受罪。不服帖的棕毛透过单薄的衣衫戳触皮肤，窸窸窣窣，干活的手不是泥巴就是泥水，哪有空抠痒儿？半天下来，颈背、手腕，均起红疹子，奇痒难受，日久，皮肤上形成黑褐色斑点。农人在与蓑衣的不断摩擦中,向生活妥协,被迫接受,被迫顺从,被迫适应,而后,人与物相融相谐。

穿蓑衣的日子必有箬笠。箬笠与蓑衣是孪生姐妹。"落帽孟嘉寻篛笠,休官陶令觅蓑衣。"曾经,宋代的康与之曾因重阳节遇雨,无雨具,菊不赏了,茱萸也不插了,谐谑古时蓑衣箬笠的重要性。青箬叶在九宫山下随处可见。割一担箬叶,就地取材砍几支水竹劈成薄片,几乎家家能编织这些大大小小的箬笠。农闲时节,从村庄的老屋一栋栋走过来,天井边风口处,无一例外,是无师自通的手工艺人在忙活:用竹篾编箩筐、菜篮、背箩的;搓棕绳、麻绳、草绳,织棕垫,打草鞋的;以竹、木雕刻成木屐、木碗、饭瓢、茶筒、饭盒、水吊的……

随着改革开放的推进,轻而薄的塑料雨具渐渐取代蓑衣,塑料绳已取代棕绳,曾经种植棕树自给自足的时代已成过往。只是,在鲜衣怒马的当下,人们是否还能想起千年来在古典诗词中无数次出现的代表农耕文明的蓑与笠?《诗经》里有"尔牧来思,何蓑何笠",而我,已离开家乡多年,倘若不是因写家乡,在"尔来咸兮,何蓑何笠"的街市,早已忘记那棕、那蓑、那农耕的咸涩日子了。远离蓑笠已三十一年矣!回首向来萧瑟处,也无风雨也无晴,归去罢?不如不归!

2021 年 1 月

文宣逸语

碓臼·石磨

1

　　老家厨房后端的空场处，有一处露天的简易碓臼。添置于何年，何人所建，已无史料可查。碓臼是粮食加工器具，由碓窝、碓锥与踏架组成，利用杠杆原理，依靠人工用力踩动嵌有碓锥的木梁，翘起、下落，碓锥碾压碓窝中的谷物，将稻谷去壳成大米，将大米、小麦、杂粮等舂成齑粉，将煮熟的糯米舂成细软的糍粑。日子，在碓锥的起起落落中，叩响每一个黎明。

　　碓窝与碓锥选材为耐磨、耐风化而不易破碎的青色岩石。碓窝上粗下细，深度近半米，呈圆锥体，底端为圆形，壁面光滑，形如窝窝头。碓锥比碓窝小一圈，亦是上粗下细，由长形青石所制。细看，碓窝、碓锥分别凿有细小的凹槽与凸槽。凹凸不平的槽经谷物不间断的反作用力，渐渐磨去棱角，剩下浅淡的印痕。岩石的硬度乃谷物的数倍，最终，推陈出新的谷物能挫其锋芒，拼的是时间与耐力。世间万物，莫不如此。

　　家乡人称舂米处为"碓头"，谐音"对头"。"舂米打碓，笸篮米细"，说的是稻谷通过两片石头一见面就干架、去壳成米的蜕变过程。碓头选址在干净向阳处挖坑，埋碓窝，窝面与地面齐平。将碓锥楔入裁好刨光的粗木檩，尾端安装一踩踏的制动装置，两人并排可同时用力，左右两侧固定安装一"门"

形木架，作为手臂的支点。脚底在进行机械踩踏运动，两手搭着木架，上半身有个依靠，可以安全而均衡用力。一个人舂米的时候，头顶天，脚踏杠木，鸟雀唱和，虫儿低鸣，邀清风为伴，有超然物外的清静与从容。成年人将谷物舂成口中粮，孩子有的是为了看热闹，亦有帮父母踩杆助力。

碓头设在我家厨房墙外。无人时，母亲将晒干的谷粒倒进碓窝，哥姐一左一右手搭木架，脚下一前一后同时用力，不停踩起、下落，石与石互为撞击，"咚咚咚"，钝响声在山后响起，与屋前的山头呼应。仿佛有了某种感应，脚下用力的节奏更为欢快，小腿肌肉团团隆起。

幼年的我闲不住，时而将小脚伸进杠木前端，时而溜到哥姐身后，小脚板踏上木板，用不上力，木檩起落之间，一震一颤，脚底麻酥酥的，甚是舒坦。在碓窝内翻谷物的须是眼尖手快的女子或汉子。碓锥扬起时下手，迅速抄翻，碓锥下落时，手离窝巢，完成谷物均匀受力而不被锥头击中。

中秋、过年打糍粑，是最热闹的时节，屋后的碓臼从天亮到天黑，"咚咚咚"响个不停。人们用木桶、筲箕、蒸笼，挑或提着煮熟的糯米饭，抹净碓窝碓锥的灰尘，在碓窝四壁与碓尖抹一层厚厚的茶油防止粘黏，倒进白汪汪的糯米饭。碓尖频点，渐成泥团。有时碓锥会将糯米团带到半空，手脚麻利的主人会笑骂一声拽住糯团，在边缘处，捻住一小团，扯起，旋转一圈，然后将那一团塞给跟屁虫样蹲在碓臼前巴望的我。谁敢吃独食呢，小跑几步，进厨房，送予母亲。母亲亦不责备，将那小糯米团儿，分成几份，在家的人人一份。随后，用竹筒、搪瓷缸，舀上热茶，盛点米泡（大米膨化物），带着我，送到舂米处，让乡亲喝口水，歇下气。

六十年代到七十年代，村庄的常住人口到了鼎盛时期。一个自然村一台碓臼已无法供应全村的口粮加工。村庄按祖上老兄弟的房份添置了四台碓臼。分别为：面前铺（大房）、二房、后背屋（三房）、老祖屋（四房）。那时，五房已迁居至楼坪塆。老人说，文宣村为同宗同族，始迁祖成仲然迁居此地已三百余年。五子分家时，分支以房头命名，房产扩建以右为大，右陇靠前为大房，二房居中，三房压后，左陇为四房、五房，无一杂姓。由此，宗族以祠堂为轴心，四下扩展，就算相隔千万里，也是一个手掌内伸不开的五根手指，打断骨头连着筋的亲骨肉。如今想来，宗族的各房叔侄就像碓臼与碓锥，缺其一，都是不完整的，是为缺憾。

改革开放后，村庄有了第一台柴油机，打米、粉碎，省时省力，碓臼渐渐失去了作用。除了每年打糍粑，人们很少光顾碓臼。后来，随着我外出求学、工作、结婚，家乡在我视线里渐行渐远。父母仙逝后，老屋因无人打理而坍塌。2018年，大哥在旧宅基重建，我回乡恭贺。坐在老屋遗存的石门墩上，陈年旧事，满目苍凉。想起那台曾经造福一方也给我那一代人带来无限快乐的碓臼，不知流落于何方？以石的坚韧，不会沦为泥土，亦不会自行消亡，也许，它在光阴的某个角落，期待被人挖掘与重塑？或许，在农耕历史博物馆明亮的灯光下，不厌其烦，倾诉曾经的辉煌？

2

石磨与碓臼是孪生兄弟。

石磨将米、麦、豆等粮食作物加工成粉、浆,使食材精细化,是农耕时期人民生活水平提高的真实体现,也是在石臼捣碎谷物基础上更为先进的一项发明。史料载,石磨的发明者为春秋末期的鲁班。鲁班见人们将大米、小麦等放进碓臼用粗石棍捣成粉末,费时费力,捣出来的粉粗细不匀,且石臼体积小,每次捣的量很有限,便想找一种用力少收效大的工具替代石臼。但凡能工巧匠都心灵手巧,是有"聪明孔"的人。中医著作《黄帝内经》上说,心主管人的神志,人体七窍各司其职,均是在心神的调节之下。鲁班善于钻研,当时已发明了木工用的锯子、刨子、曲尺等,像他这样能搞发明创造的都是有着七窍玲珑心的人。鲁班在石块前捣鼓很久,终于将两块厚厚的青石打磨成光滑圆润的、能将粮食均匀碾成粉末且省时省力的粉碎工具。石磨的普及,除了人类具有比石头更坚忍的意志,更是人类的慧心借用金属的硬度洞穿了岁月。

在柴油粉碎机尚未普及以前,人们食用面粉、米粉、豆腐等,都是依靠手工转动石磨完成。

石磨被安置于村庄每栋老屋共同区域的一隅,或大或小,或高或低,寒来暑往,抚慰一方百姓的口舌,温暖人们的肠胃。

故乡常见的石磨由两块圆形石块组成。石磨有的直径四十厘米,有的直径为八十厘米。核心区域为两石的接触面——竖条形磨齿,凹凸不平,排列有序。是石匠叮叮当当千锤万凿后的杰作。两磨合上时，严丝合缝。

　　石磨分下扇磨（不动盘）与上扇磨（转动盘），被固定于木质的磨盘架上，两磨之间有铁轴，以防上扇磨在转动时掉下来。上扇磨盘四周高中间低，最低处有一磨眼，供漏下的粮食用。小磨多为磨豆腐用，在上磨安一短木柄，一手持柄转磨，一手用调羹舀浸泡的黄豆与水，倒进磨眼。须臾之间，白花花的浆渣沿着小磨盘沥沥而下。磨豆腐为一人操作，手、眼、心、力，合为一处，全神贯注。

　　大磨多为两人合作，一人拉磨，一人往磨盘添加粮食，结构稍稍繁杂。在上磨盘一侧留孔钉进木榫，上接长长的木棍，尾端装一横梁做手柄，呈侧立的"丁"字形。手柄正中处，从楼板梁上垂直悬下粗麻绳，使石磨与手柄在同一水平线上，一则用于固定手柄的高度，均匀使力，再则，推拉石磨时，人不会走偏，在固定的直线进退，省时省力。成年人能毫不费力地拉动大石磨。

　　我家的石磨坊是连接前后披厦的一间小房子，在大门的左侧，为堂祖父宝善公看管。

　　八十年代初期，这栋房子高峰期住过八家人。人多，加工食材的需求量大，石磨极少有空闲。

　　农闲时节或雨雪天，整天能听到拉动石磨时木轴与木榫间摩擦的"吱呀、吱呀"声。细听，亦有石磨与石磨隔着农作物碾压的闷响。

　　山区老家，不养驴，牛也不多，四五家共一头牛。牛只是在耕田犁地农忙时才用，农人爱惜牛，就像爱惜自己的眼珠子，拉磨的活儿从来不曾使唤过牛。

寒暑假时节,渐渐长大的我是拉磨的最佳人选。

"日头毒,下午不要出去干活,容儿,把这半箩细米提去磨粉。"

母亲的话就是圣旨,接受与顺从,是儿女应尽的本分。母亲个子不高,对七个儿女不打不罚,不吼不骂,七个孩子都服服帖帖,谁也不敢与母亲讨价还价。

午饭后,将米一瓢瓢添进磨盘上。两手一左一右握住手柄,两脚一前一后,前弓后箭,靠上臂和腰部运力拉动木柄牵引石磨。"吱呀、吱呀",每转一圈,撼动一下,磨眼的米粒就下漏一层。

五黄六月的中午,村庄是静谧闲适的。天一亮就起床劳作的山民累了,要歇午觉。阴凉的巷道,通风的堂前,随处都是他们休憩的凉床。有的头靠墙砖,坐着坐着就睡着了;有的在地上铺一草席,头一挨着草席就鼾声如雷;有的头靠椅背,打盹儿;有的仰面朝天,躺在竹床上,口鼻翕张,袒胸露怀,睡成"大"字。鸡也不觅食了,早早占着石墩、石板、墙角,哪里凉快,往哪里蹲;猫儿亦不上蹿下跳,桌子底、椅板下、房梁上,蜷缩一团,打着轻鼾;狗也不闹腾了,平躺着,眼半开半阖,肚一鼓一缩,血红的舌头淌着长长的涎水,就算踢它一脚,它也懒得叫唤。

少年浮躁的心是耐不住寂静的。两脚两手在做着机械运动,神志却渐渐萎靡,磨盘上堆尖的米越撼越少,脚下的步子已是越来越慢。头,渐次低了。间或,惊醒,见石磨还在拉着,却

> 文宣逸语

不出一丝白粉,那磨盘早就空了。这才慌慌去舀米上盘,将磨碎的米粉用小帚扫进竹箩。有时,将弟弟与侄儿找来,差遣两个小鬼头拉磨。他俩同年生,弟弟长三月,九月生,侄儿(大哥的长子)十二月生,都只比我小两岁多。二人同握一杠手柄,推拉之间,用力不均匀,脚下就乱了分寸。你怪我拉快了,跟不上;我说你奸狡,不出力。年龄相仿的少年叔侄,哪知长幼尊卑、谦让敬畏?你一拳挥来我必一脚回过去,推推搡搡之间,磨停了。拉拉这个,扯扯那个,都如牛犊一般,瞪着眼,梗着脖子,谁也不服气。我站在一旁,干着急。

母亲一声干咳,打闹声即刻没了声息。石磨"吱呀""吱呀"均匀响起。

大米、小麦、荞麦、黄豆、绿豆、芝麻、苕丝、苕渣等,但凡能晒干贮藏干粮的,都会一瓢一瓢,漏进磨眼,精加工成细细的粉末,改善食物的单一,丰富人们的味蕾。

石磨一响,喉头着痒。

米粑、米糊、挞米饼、手擀面、面疙瘩、白面馍、豆腐脑儿、豆腐泡、小葱豆腐、荞麦馍、芝麻坨、苕渣粑,食物从粗变细,日子从简朴变多元。人们捧起精细吃食的时候,石磨与村庄在慢慢老去,最终,石磨的坚韧被锐利的铁器代替,更多"七窍玲珑心"的发明者制造出的机器设备替代了人类原始的手工操作。

九十年代初期,电动粉碎机淘汰了柴油粉碎机。在人类发展史上立下汗马功劳的石磨已被卸下木架,成了溪边河畔的捣衣石、进出门的垫脚石,或在屋檐、台阶上糊泥筑墙,续写岩石的荣光。人们在怀念一扇石磨的时候，会忆起两千多年前石磨的发明者鲁班。石磨"吱呀、吱呀"声在很多个夜里叩击远离村庄的游子，以"石不能言我代言"的完美转身入侵他们的脑神经，以及他们余生的岁月。

风中的草根

1

　　草对人类是有卓越贡献的。

　　"离离原上草,一岁一枯荣。野火烧不尽,春风吹又生"是幼儿看图识字中最为浅显易懂的启蒙诗句,对草的认知与教化已普及到全民幼教,是草的殊荣;"兵马未动,粮草先行"中草的军事地位在古时行军打仗时自不言说,排在首位。当下,粮草中的草,已从马匹食用的饲料引申为军事后勤的供给,如此至关重要,是草的功劳;"风声鹤唳、草木皆兵"中的草则是指在败军之时,疑神疑鬼,把草木当成敌兵的惊慌与失措,可见,在特定的环境中,草有等同人的震慑力;"草船借箭"中,草更是直截了当变成士兵的替身;"风行草偃"中的草,喻义道德文明的风尚有感化他人的力量;"结草衔环"中的草是感恩与回报恩德之意;"救命稻草"中的草则是指危急时刻欲摆脱困境的一线希望……

　　可见,从古到今,人们离不开草。

　　当下城里出生的后辈,对草的认知,无非是绿茵茵的草地,公园、田野、路边、小径,摇曳的一株、一丛或一片不起眼的绿植,可随意拔扯,可任意践踏。草的作用渐渐淡出人们的视线。歌草,颂草,也无视草。

通山，通山，通通是山。山区，树木多，茅草也多。茅草，也称芭茅，植株高大，叶茎边缘呈锯齿状，很是锋利，一不小心，便在裸露的肌肤上留下一道道印记，鲜红的血珠直线状渗出来，心头有如毛毛虫火辣辣爬过。几天后，伤口处成了一条褐色的血痂，痒。复几日，痂落，便是一条浅黑的线。农人不喜这种抱团结伙易伤到人的蓬草样的植物，平时除了割点鲜嫩的芭茅喂饲耕牛，搭茅屋、建厕所时不得已去砍几捆，囊中委实空瘪时在秋季砍点茅秆卖几个小钱换点食盐、酱油，其他时节，谁也不会在意茅草的枯荣。那满山满岭的茅草并不因为人类的无视而气馁，照样随季节的更替，青了黄，黄了枯，枯了烂。春来草自青，秋冬自枯黄，循环往复，自生自灭。这种茅草，是为野草。

我这里要写的草，是乡村的一段记忆，也是某些地区赖以生存的命根子，是可作为燃料、饲料等的稻、麦之类的茎和叶。通俗地说，是稻草和麦草。

稻草是农人亲手下种、培植秧苗、插秧、除草、收割后自然形成的产物，草株细短易打理，用途广泛，人与家畜都能用。

家乡人对稻草情有独钟。

二十世纪七十年代到八十年代，山区农村尚不曾普及机械化，收割稻谷都是纯手工，割稻穗，挞谷，稻粒挑回去了，满田畈的稻草，得及时捆扎成团。捆草把是件费力气的活，经验丰富的农人，才能扎出结实美观的草把。按手掌大小，四五把草为一团，手捏顶端，从中分出一缕，一头用左手大拇指捏住，右手紧握草团顶端，顺势转两圈，两手一卡，固定，箍紧，抖开,下端大上端小,草把像一把漂亮的宝塔伞稳稳当当立在稻田中。刮风、下雨,吹不散、冲不跑。倘若家禽前来猎食,能啄去稻秆中没挞干净的谷粒,草把岿然不动。秋收后,降雨量少,水田几近干涸,过了十天半个月,草把干透了,农人会打捆挑回家,绳捆钩拉,吊到堂屋的楼板存放,一年四季,皆可留用。一些家庭住房少无处堆放的,会在田埂或屋前屋后的通风处,搭成一层一层草垛。

  入冬后,山区阴冷,寒气逼人,清理草把,挑拣干净粗壮的干草,摊开翻晒,铺上床,覆棉被,稻草松软导热快,钻进被窝,再也不会抖抖索索,伸开手脚,闻着稻草清香,甜甜入梦。倘若半夜醒来,闻有猪牛的叫声,细听,不好,忘了给这些个伙伴添草,给冻着了。一手提灯,一手提草捆,一溜儿给牛圈、羊圈、猪圈添"被",撒几把散草,猪、牛、羊急不可耐钻进草窠,不再哼哼唧唧。这时的草,的的确确是救命稻草。猪圈、牛圈里的干草,过不了多久,就被牲畜们踩踏,沾上尿水粪便,踢到地槽,等到沤成黑酱色,就是牛粪草或猪粪草。早春,农人用铁耙子耙起,挑到庄稼地,在苏醒的土地上打地沟,下薯种,将浸足了底肥的粪草覆盖其上,几天后,嗨,青芽肥头憨脑从土里钻出,此后便是藤蔓丛生。秋收时节,从土地里挖红薯,土厚薯硕,存入地窖,是农人春夏的主粮。秋冬闲下来的土地,种小麦、蚕豆、豌豆,此时,圈里的粪草又堆成小山了,这上等肥料,精明的农人岂能浪费?

  草的用途多了去!

  给鸡、鹅、鸭的笼里添几把草,出笼时昂首挺胸,声音嘹亮，下蛋亦下得欢。往狗窝猫窝添几把草，狗猫可贪睡呢，狗不会半夜跑出来觅食，猫亦不从这家屋顶蹿到那家屋顶号叫了。天寒地冻，提前将菜园的青菜覆盖一层干草，用小棍子或小石头压上，风吹不动雨打不散。天晴一看，别人家菜园的菜都冻成了一条条枯死的黄虫，咱家的菜园，嗬，在草下青葱着嘞。

稻草从一粒种子开始，自土地里长出，衍生出无边青绿，明媚了人们的视线。稻穗脱粒后的谷物能加工成各种精美食物，填充于人类的口腹。而一茎一叶，亦不曾荒废，发挥到极致，最终回归土壤，融入大地。

2

草，可搓草绳，可打草鞋，可当座椅，可成温床。

我祖屋的一侧，住着堂祖父——宝善公，他是我爷爷这一辈年龄最小的，我兄妹称其细公。忙时他下地干活，不忙时搓草绳、打草鞋，贴补家用。三个儿子的读书费用，都是他从一根根稻草中捻出来的。

我清楚地记得他搓草绳的样子。

盛夏的中午，在两侧通风的巷道中，他解开一捆干稻草，拿起葫芦瓢在水缸里舀一大瓢水，用力吸一口水紧抿双唇，对着稻草"噗噗噗"，将水均匀喷在稻草上，吐出来的水雾就像是洒水壶的喷雾，这一处喷完了，再翻一面，直到稻草有些微润湿，他起身拢到一起，抖抖草屑，便开始搓绳。宝善公是个大个子，他弯腰弓背蹲着，光脚踩地，将稻草四根一并，压在大拇指与食指之间，分成两股，左右开弓，在两手掌心搓麻花

> 文宣
> 逸语

一般顺时针方向搓动。添草时左右均匀添草，草绳越搓越长，这时，人便起身将草绳置于矮凳上，人坐其上，每搓一段，手臂够不着时，得有个支点才能继续，便从身后捏住草绳从胯下往后拉。有时，我午睡醒来，宝善公还在搓草绳，他的身后，草绳像盘蛇一般，一团团，一卷卷，一大片了。

偶尔，他也叫我去帮他拉绳，他搓到两臂已经够不着了，就叫我在身后拉。草绳毛糙不光，他只穿一条单裤，年幼的我不知轻重，用力一拉，草绳从他屁股底下"刺啦啦"溜出来，我一个趔趄，一屁股跌坐在地。他便扭过头来看："跌痛冇？要拉慢点。"他的鼻子里长着一团息肉，一眼可见嫩红的肉芽堵塞了鼻孔，不开口时倒感觉不到异常，一开口，听的人都感到很费劲。老年时，息肉越长越大，已经掉出了鼻孔，只能靠嘴巴呼吸，他都没能力去做这个如今看起来是非常小的手术。

草绳分大、中、小。

小号草绳可编成草席，压实卷起，外出时随身背上，歇脚或无银投宿时，于背风处，铺开，蜷缩其上，便是温床；居家时，亦可当床垫，冬暖夏凉。夏天来临，小号草绳还是藤本蔬菜的攀爬工具。丝瓜、黄瓜、豆角等攀缘植物，长到半尺以上，需要搭架子，农人在嫩芽旁，插上竹片木棍，蔓藤攀附到一定高度，两株之间需用草绳连接，藤条便借势横向延伸。此时，俯视菜园，草绳沿着菜地一圈一圈整齐有序，如转着圈的长龙。等到菜蔬开花，红的、黄的、紫的朵儿缀满草绳，置身其中，真个是花团锦簇了。瓜菜成熟时，丝瓜、黄瓜、豆角高调出场，抖擞劲儿将草绳牵扯拉拽，新生的力量会撕裂柔韧，这时的农人，不愠不恼，咧着嘴儿，再补上一段粗绳。

中号草绳粗细如成人的大拇指。一圈圈扎紧，内可填棉絮、破布，做成大小不一、高矮不等的蒲团，柔韧舒适，当凳子坐。幼年时我曾见过族中一老太，坐在有靠背的扁桶上烤火，桶的底端，垫的正是圆圆的蒲团。杉树板做的木桶已成黑色，草团亦是黑得发亮。穿着黑色盘扣大襟衣的老太，头垂到胸前，满头银发梳成发髻，柔顺地贴附于脑后，寸余宽的黑绒布沿着头部包箍一圈，圆溜溜的头顶恰似一个白馒头。天晴时，家人将她与木桶抬到墙角，暖阳中，她眯着眼打瞌睡，那脸与手指，白森森的，皮下的血管如附着青蚯蚓，清晰可见，仿佛指尖一掐，便能掐断其青筋。她与草一样，也经历过青涩、丰盈到日渐失去养分，最终活成了枯草的颜色和样子。她一年四季坐在这草团上，难不成不长老茧不长疮？母亲敲着我的额头：傻女崽，那草墩透气，两个草墩轮换用，怎么会长疮？

大号草绳多用于捆扎。功能形同现在的塑料绳。临时搭建的屋子、抬棺木的架子、拖运货物的板车，都需粗长的绳子。

3

草还是万物中资源再利用的典范。草鞋将草的价值与功用无限放大，镀上光环，在人类的历史上留下辉煌的一页。从文献和先后出土的西周遗址中的草鞋实物，以及汉墓陶俑脚上着草鞋的画像中，专家推算，早在三千多年前的商周时代就已出现了草鞋。

传说中，有两位皇帝卖过草鞋，一位是《三国演义》中建

> 文宣逸语

立蜀汉王朝的刘备,曹操骂其为"织席贩履小儿",一位是灭了东晋的南朝宋武帝刘裕。

西汉时,贵为天子的汉文帝刘恒更是穿着草鞋上殿办公。《古今注》载"汉文帝履不借视朝",并解释道:"不借者,草履也。以其轻贱易得,故人人自有,不假借于人,故名不借也。"刘恒成为史上君王中勤政、节俭的代表。

鞋,相传为黄帝的臣子于则所创造,"草曰扉,麻曰屦"。之所以发明草鞋,是原料草与麻太普通,乡村年年皆可生长,无须投入太多,且取之不尽,用之不竭,平民百姓俯首即得。

"竹杖芒鞋轻胜马,谁怕?一蓑烟雨任平生",脚穿草鞋已成古代侠士的一种时尚。看,头戴斗笠,脚穿草鞋,身披斗篷,持一剑而闯九州,侠肝义胆,快意人生,是何等逍遥惬意?!

还有咸宁人因卖草鞋建桥的善举而流芳千古呢。相传宋朝时咸宁草民丁四以编草鞋、卖草鞋为业,住泗水河边,眼见每年汛期有人掉入河中丧命,他终身不娶,立志建桥,年迈之时倾尽所有,奔走呼号,终于将桥建成,后人为了纪念他,以他的名字命名——汀泗桥。可见,小小的草,能成就帝业,亦能使有志者圆梦而造福后人。

草鞋作为大众化的鞋子,在贫困时期,人人都离不开。幼年时我曾见过在粮管所工作的父亲,一回家就脱下解放鞋穿上草鞋。同村成年男性下地劳作都穿草鞋。需求多,打草鞋的手艺人自然应运而生。

宝善公草绳搓得漂亮,他打的草鞋,亦是功多手熟,一挑到横石街,眼尖的铺主围上来,扁担头一下子就空了。

第一辑 文宣·物

　　雨天、雪天或农闲时，倘若找他，直接到上堂屋，他准坐在长凳上打草鞋。草鞋看起来很简单，但制作有些烦琐。在木凳的前方，固定一个木质草鞋耙架子，木架呈"丁"字形，横木有七齿，中为一长齿，两侧各三小齿。横木下正中间垂直安置一长钩，若钩子再加长一些，极像传说中天蓬元帅的九齿钉耙。宝善公像骑马样横跨坐在长凳上，旁边的椅板上放着干草、细草绳、麻丝、棕丝或布条，从最长的齿钉开始，用苎麻固定搓绳，麻绳搓到一定长度就系在腰间。以腰前的交叉点为界，往齿钉方向添草，左右交叉编织，每打一排，紧扎一排，越攉越紧，草鞋就越密实。打几排，取下来用木棒槌捶几下，再攉一下。宝善公细眯着眼，添草、抚平，一行行压。有时他一边编一边打瞌睡，头碰到草鞋耙了，惊醒，一手擦去嘴角的口水，将鞋底翻过来，看看是否压实，压得不紧的，拆了重编。

　　每只草鞋前后左右各三个耳，一只草鞋有十二个耳。耳多，草鞋耐受力，走路稳当。编好的草鞋，前宽后窄，中间内收，两头椭圆。剪去毛糙的接头，洒点水，用小木槌里里外外捶一遍，草鞋就服服帖帖，穿起来不打脚，不勒皮肤。普通稻草编制的草鞋八分钱一双，柔软的糯米稻草编制的草鞋一般是一角钱一双。

　　草鞋分稻草鞋、麻皮草鞋、棕丝布条草鞋三种。普通草鞋用干草、细草绳、麻绳打耳纽；中等草鞋是麻丝与干草搓绳编，较耐磨；上等草鞋是棕丝与布条夹着编，舒适耐用。一双稻草鞋，若每天穿着下地干活，最多只能穿四十天。用旧布条与棕丝稻草混合编的草鞋，能穿两个月以上，且款相美观。平民多数是穿稻草鞋，称为草鞋爽，爽是凉爽之意。老家有风俗，谁家有人去世了，出殡之日，主家需给抬棺材的脚夫每人发一双草鞋。脚夫穿着新草鞋，抬起沉重的棺木，喊着号子，步调一致，脚底有摩擦力，就不会打滑发生意外。如今，农村的脚夫是每人一双解放鞋、一条毛巾、一包烟，物质历来是与经济同生共荣的。

草鞋是山区人民旧时的传统劳动用鞋，祖祖辈辈的农民穿着它，耕田种地，辛勤劳作。二十世纪初期，工农红军在陕北建立根据地，穷苦大众一呼百应。"打双草鞋送给郎，南征北战打胜仗。""脚穿草鞋跟党走，刀山火海不回头。"男人在前方打仗，妇女在后方打草鞋。红军战士穿着草鞋爬雪山、过草地，写下长征壮丽的诗篇，草鞋成了抗战困难时期的救命鞋。八十年代末、九十年代初，随着经济的迅猛发展，人们生活水平的提高，草鞋已被塑料鞋、布鞋与皮鞋替代。即便是困顿的农村家庭，亦无人再穿，草鞋寿终正寝，草鞋业偃旗息鼓。一些草鞋被弃之房檐屋下或山沟荒野，被雨淋，被风化，沦为泥土。从泥土中来，物尽其用后回归泥土，草开始了新一轮的生命轮回。一些草鞋被封存于农耕历史博物馆，挂在墙上或置于玻璃柜内，成为囚室中没有生命的木乃伊，供人指点却再也不被人想起。这种草，已隔断大地的滋养，亦不再给大地输送养分。草从肉体到灵魂的消亡，标志着艰苦时代的终结，历史可以回望，但永远不会重来。

我想起在草地上已安睡多年的打草鞋的宝善公。草民，草根，做一棵草，也是我的殊荣！不是吗？！

2020年2月12日

东司

东司，乍一看这两个字，脑海里蹦出的定是东边一个什么机构。的确，这个词的另一种释义是唐代设于东都洛阳的官署总称。是高高在上的政府机构，当时只有为数不多的唐朝上层人物熟知。唐朝文学家韩愈在《送侯参谋赴河中幕》诗中云"东司绝教授，游宴以为恒"，白居易的《再授宾客分司》中亦有"分命在东司，又不劳朝谒"。两个大诗人工作在洛阳东司，一个写送别吃饭，一个写上班不用见皇帝，优哉游哉，日子过得颇为惬意。

不过，在浙江浦江、温州，江西莲花，福建建宁、建瓯，广东潮州、汕头等，以及湖北农村多地，东司至今为人们司空见惯且日日必用之物，是厕所之意。

宋代无名氏的《张协状元》第四十五出戏文有："夫人，生得好时，讨来早辰间侍奉我门汤药，黄昏侍奉我门上东司。"《古今小说·史弘肇龙虎君臣会》中有："定眼再看时，却是史大汉跣蹲在东司边。"这里的东司，是当今地地道道的厕所。

"厕所"为何有"东司"这个文绉绉的称谓，少年时期的我不得而知。村庄自始迁祖至今已繁衍了三百三十八年。老家对这个生理排泄和放置排泄物的地方不称"茅厕""茅厮""茅房"，却以"东司"称之，真是既文雅又艺术，丝毫联想不到污秽恶臭的景象，如今想来，古人的智慧真是太奇妙了。

> 文宣逸语

　　饮食男女，吃、喝、拉、撒、睡，日日必需的五样中，拉、撒占了两样，其唯一的排泄出处是"东司"。可见东司的重要性与必要性。

　　乡村的最大优越性是土地。有土地的住户可以在房前屋后任意搭建东司。即使是困难时期的五六十年代，家家也有茅棚搭建的东司，不会出现城里人拎着夜壶排队倒排泄物或如厕的难堪与窘迫。一口大圆缸，上覆两块木板，几口砖，几片瓦，几块竹片用铁丝上中下这么一箍，权当挡风雨和遮蔽偷窥的障碍物——门，这，就是最简易便捷的东司。东司不留窗，墙体砌至一人高时，留几孔花格，便于透气与透光。

　　砖与瓦是取材于自家土地的泥与黏土，秋冬时以平整的田块当场地，和泥，牛拉石磙碾压，再弹线切割成砖块，或用瓦桶制作成瓦片，晾干，上窑，密封，以干柴猛火烧窑数日，出窑便是青砖黛瓦。人勤地不懒，土地里有的是宝物。只要人勤快，搭建东司是手到擒来的事。

　　东司的另一个功能是储备肥料。

　　早春，下红薯种子，满满一担粪水晃晃悠悠挑到地头，埋好薯种，滴一遍粪水，假以时日，青幽幽的薯叶"突突"冒出。盛夏，太阳像个火球炙烤大地，时蔬缺水而枯，夜间的洗澡水倒进尿桶，天刚发白，农人起床，用长长的粪瓢在粪缸里舀上几瓢掺进洗澡水，一排洒过，地里的瓜藤便舒枝展叶，开花挂果。上至麦、豆、瓜果，下至小葱、小蒜，有粪水作底肥，收成会是另一番景象。

　　东司间的物件称谓也颇有讲究，坊间称贮藏大小便的粪缸叫"东司缸""聚宝盆",其上用于踩踏的厚实木板叫"东司桥"。大小便叫"打大份""打小份"或"解大手""解小手"。两脚踏在"桥"上如厕,文艺范十足,字里行间,能联想到天地、旷野与流水声。汉字的魅力真叫人脑洞大开。缸前搭一高台放纸片、灯盏(夜间如厕照明),旁边挨墙砌一地窖,放置柴火烧过的灰烬,墙上挂着洗净的尿桶、筅筅、大小竹瓢。如厕后,在两块东司桥之间,再盖上有手柄的大木板,防臭、防蚊蝇。讲卫生的家庭,日日会清扫东司,定期清理东司缸。因而,在我印象中老家的东司,虽然有的是芭茅盖顶,并不曾看见一些地区描述的露天就地埋缸、蛆虫四溢、污水横流的茅坑。

"东司缸"通常是直径一米有余的大土缸,家乡人也称为"聚宝盆",来历颇有讲究。过大年时,从初一起,凡是用过的水不能泼掉,洗菜洗碗水攒着煮猪食喂猪,洗脸洗脚水倒进"聚宝盆",寓意新的一年六畜兴旺,财源广进,肥水不外流。大年初三吃过中饭后送了年,方可泼水、扫地、倒垃圾。

坊间至今还传有"聚宝盆"的典故。话说有一年的大年初一,村里一长者穿着新做的灰布长衫,摆好茶点,等待同宗的叔侄上门拜年。长者如厕时长衫后摆落地,起身时不小心踩在后跟底部,转身一拽,重心不稳,一脚踏翻了东司桥,掉进粪缸。良久才爬起,十分尴尬,老着脸连声说倒霉,让老伴烧水洗澡。妻识文断字,八面玲珑,知他平素讲禁忌,为了给他下台阶,当众呼彩:老成老成你真行,一脚踏进聚宝盆,左脚金银追你走,右脚功名伴儿孙,人财两旺迎双喜,荣华富贵事事成。说来也巧,那年,他们家做生意的、读书的都顺风顺水,风生水起。

"东司"二字被广泛应用于普通人家厕所之前，是指寺庙里的厕所，而且是唐代。那时佛教盛行，人们敬神拜佛，寺庙常年香火缭绕。和尚议事开会时，方丈坐上首，僧人在下首分列两边站立。东为主位，西为宾位。东边是负责重要工作的和尚，称"东序之僧"，如厕就近上"东司"；西列是辅助主持工作的和尚，谓"西序之僧"，如厕得爬高处上"西司"。"人有三急"，出恭急时僧人绝不会顾忌繁文缛节、舍近求远，久而久之，人们弃西奔东，东司因而流传下来。

禅林东序之僧所用的厕所，除了东司，还有多种称谓：东净、后架、起止处、雪隐，这些词颇有来历，有的高古，有的写实，有的隐喻，有的禅意，都是洁厕之意。而负责清理厕所的清洁工，称为净头。人们对这至秽之所，寄予洁净的寓意，不单对清扫厕所者有要求，更是对如厕者保持清洁的一种希冀。

十年前，我在长沙岳麓书院里的一角，见到石子小路，几丛修竹，粉墙黛瓦，圆门轩窗。白墙上，灰褐底上书白色隶书，是繁体的"东司"二字，古色古香。不了解渊源的即使满世界找厕所也绝不会闯进此幽静之所。这是我第一次看到东司作为厕所的代名词在公众场合出现，千年学府深厚的底蕴在这二字中一览无余。据说，厦门的南普陀寺里也有"东司"，广东潮汕、江西萍乡、浙江金华等地对厕所的称谓，依然是"东司"。以至于日本多地，有称"东司""雪隐"的，是受中华源远流长的文化影响而流传于海外。

那年，我带儿回乡。小子在如厕时看到蚂蚁接连不断地在土墙上爬,看呆了,久不现身。他爹四处寻找,未果,满头大汗。母亲说在"东司",其愣是没听明白。地域与方言的差异,闹了个大笑话。

小厕所,大民生。近些年,我国开始了大刀阔斧的"厕所革命"。经过各地轰轰烈烈的改造,彻底根治了千年来"一块木板两块砖,三尺栅栏围四边"的农村土坑茅厕的落后面貌。物质文明看厨房,精神文明看茅房。管中窥豹,从一厕而窥见当下人民的生活质量。

如今,乡村家家户户大多用上了抽水马桶。后生之辈对东司二字,渐渐陌生,厕所作为通用名词渐渐同化人们的认知。通山地处鄂东南边陲,幕阜山北麓,长江中游南岸,素有"吴头楚尾,三苗之地"之称,是历史上文化底蕴的厚重之所,厕所谓之东司只是山城语言艺术的一个缩影,更是山民高雅用语的一种风尚。

2020年7月10日

过往之灯

灯是黑夜的眼睛,是光明的释义,有光明的地方,就有人类文明。

翻开灯的时光简史,数万年前,人类作为高等动物已能将自然之火用来御寒、烧烤和照明,后来,山顶洞人最先发明人工取火,火得以长久保存。随着火的普及,灯以照明的器具介入人类的生活。

从拙朴的石灯、青铜灯、陶瓷灯、蜡烛到近现代的煤油灯、汽灯以及如今的电灯,这是个漫长的文明进化过程,灯具镌刻着时代的印记,书写着文明的演变史,是一段时期社会经济和人民生活状态的文化符号。

推开时光之门,回到四十年前我的家乡文宣——九宫山下的一个山村,灯的记忆以多种形式在偏僻的一隅,变幻着年轮,栩栩如昨。

火砖墙、木门、瓦屋。离地一米五处,从砖缝里钉进两个洋钉,上架一小块木板,这是二十世纪七十年代鄂东南山区农人的灯台。一盏墨水瓶改装的油灯,看似简朴,却充盈着农人的智慧:一截轻薄的牙膏皮或铝片卷成的空管从塑料瓶盖中打孔穿出,不大不小,卡在孔上。内孔能容下棉索从中穿出而不滑落,长长的棉索在半瓶子淡黄色煤油里若隐若现。点燃的就是那金属管口处伸出的绿豆大的一团灯芯。黄昏临近,天色渐渐暗下来,划一根火柴,点燃,一手掌灯,一手挡风,幽暗的室内顿时发出黄晕的亮光。

亮光照见之处,罗罐在灶台或火炉塘飘出熟悉的香味——红薯!焖红薯、煮红薯、红薯粥、红薯饭、薯丝汤、薯渣坨、薯渣饼、薯粉糊,早中晚,餐餐不离红薯!过多地食用红薯会肚腹胀气、胃脘疼痛,吐酸水,放闷臭的屁。而加工提取的红薯淀粉衍生的食品如薯粉肉、薯粉坨、薯线粉等极易入口,较为珍贵,靠山吃山的村民多以其待客,平时极少自食。

山风阵阵,灯影摇曳,简易木桌上,一碗干盐菜,一碗干萝卜丝,一碗堆得冒尖的红薯,木筷一次次伸向那不见油星的干菜,却不愿将能捏出淀粉的白肉薯送进口里。咽不下去的是懵懂无知的孩童,大人嚼几下就着菜汁与茶水,两腮一鼓,轻松入喉。肚子不填饱,没力气干活!

"比起五十年代没得吃的,吃树皮草根,吃糠粑,吃观音土,那才是真个苦。吃糠粑,拉不出来,屁股眼儿拉出血,大肠头都掉出来了,得用草纸揉半天才塞进去。吃观音土,观音土就是屋前山包干净的黄土,土有营养不?不吃,肚子干瘪饿得发慌,吃了肚子发胀,像一面鼓,坐着躺着都难受。很多人饿死了。现在有薯吃,起码饿不死,你们是身在福中不知福!"灯影下,家长数落着,将稚儿吃剩的半个红薯捡进自己嘴里,收拾碗筷,絮絮叨叨。

夏夜,星光如萤,节俭的父母会吹灭油灯,领着孩子在屋外的禾场乘凉,打蒲扇,驱蚊虫,与邻居东一搭西一搭聊家常。姑娘们结伴聚集在某一殷实人家借光,就着煤油灯的亮光提前准备嫁妆、纳鞋底、绣枕头、绣鞋垫，说悄悄话。灯光如豆，渐渐暗淡，用针尖拨一拨灯花，挑一挑灯芯，顿时亮堂许多，光亮映照着粗长的发辫与一张张明媚的脸。等至猪不哼、狗不叫，乡村渐渐进入沉睡状态，倦意袭来，女孩们才比画今夜的战果，商量明儿是绣鸳鸯戏水的帐沿还是比翼双飞的喜鹊，带什么样的丝线、多长的白洋布，轻悄悄各自回家。

时光机晃晃悠悠，从七十年代的黑白胶片转场到八十年代中期的多彩胶卷世界。在伸手不见五指的暗室，显影剂、明矾与药水相互作用，一卷黑黑的胶片，渐渐显出轮廓。

灯台上，一盏高脚煤油灯，点亮一方斗室，山风摇曳，透明玻璃灯罩内灯火安然。举灯行走，再也无须用手挡着风的方向，夜间，无须提防山风突起将灯火斜吹引发火患。这是舶来品——清末从国外引进的玻璃材质煤油灯。中下端状如痰盂，灯头的材质或铜或铝，一侧有个可调节棉灯芯升降的小齿轮，以控制灯的亮度，灯头四周有四个爪子，卡住顶部的玻璃灯罩不至于晃动与掉落。

咕噜咕噜，米豆、薯粉条、腊猪脚在火炉膛的罗罐里上下翻腾，香气从木盖子的边缘丝丝缕缕传出，农家自产自食的土产，再也无须刻意留着待客，在割麦栽禾的初夏或割谷挖薯的秋收时节，能任意在某一天的夜间，煮上一大锅，平时舍不得吃的稀缺物，此刻犒劳自己干瘪的肠胃，让负重疲累的身子骨儿添加一点"润滑剂"。火光亮堂，玻璃罩着的煤油灯亦是亮汪汪的。灯下，无菜肴亦无米饭，米豆、薯粉条、腊猪脚便是主食，一大家子围着桌子，一人一大碗，皆不言，吸嗦有声，一碗再一碗，满头大汗、嘴角流油之时，肚腹渐鼓，大罗罐底部补有铁水的补疤已然在目。老屋与油灯见证主妇嘴角上扬的最美时刻。

跨过煤油灯的苦涩，收藏玻璃灯罩下的温馨，乡村的苏醒是从一盏电灯开始的。村里人谁会追溯电灯的发明者——那个高鼻梁的爱迪生是美国人还是加拿大人？黄昏，放学归来的学子，将书本扔在椅子上，一手提了低矮的板凳，欲到门外光线尚存处写作业。姐姐拦住，一把扯住门边细长的棕色塑料绳，"咔嗒"，从厅堂的木楼板上悬下来的如小葫芦状的透明玻璃灯泡内的钨丝瞬间变红，黄晕晕的光，填满屋子的角角落落，从门、窗、砖缝里透射出去。学童惊呆了，这拳头大的小玩意儿，怎么有如此大的威力？多么神奇啊！她盯着灯泡，不眨眼，看着红红的钨丝如蜘蛛牵出的线，在小挂钩里，由细细的红丝变成粗大的光团：眼花了！那是1981年秋天文宣人的幸福时光。

有了电，大队部接通了广播，有声世界开始了。乡镇行政机构的通知再也无须通信员骑着破自行车叮叮当当沿村送信，每一栋老屋的檐下装有喇叭，广播一响，村民皆知。早上六点，人们在"东方红，太阳升，中国出了个毛泽东"的悠扬抒情的歌声中醒来，洗脸、吃饭、编草鞋、晒太阳时都能听到国内外的时事新闻。平时传进耳膜的除了鸡鸣犬吠与粗俗的方言，听力神经几近麻木。如今，房梁下小匣子传出激昂的男声、甜糯的女声，激活了人们的神经细胞，他们是高是矮是胖还是瘦？声音那么好听，他们吃了什么？下雪下雨或农闲时节，想入非非的青壮年聚集在堂前，高谈阔论，猜测或臆想播音员与歌手的家庭生活，在唾沫飞溅中，人的内心又饱又安详。

有电的日子，村庄与外界的距离一下子拉近了，以前只能在县城电影院看到的电影，如今电影队轮流下乡放映，晒谷场成了露天电影院。下午四五点，放映员早早到场，爬上梯子在火砖老墙缝揳木桩，挂上一丈见方的白幕布，大喇叭咿咿呀呀唱，附近来来往往的村民与放学的娃儿一回家就催饭，成群结队端着木椅抢占禾场位置。天色渐晚，桌上放映机的两个镂空金属圆盘一前一后开始转动，一束光从木匣的圆孔射出，现场欢呼声不已。娃儿踮起脚挤到光束下，伸出双手，瞬间，屏幕上现出兔子头、剪刀手、喇叭筒等，小手指变幻着魔影，在投影仪上活灵活现。声音骤然响起，"八一电影制片厂"上红色的五角星在金光四射中轰然而出，人群皆屏声静气，双目凝神。放映的无非是《苦菜花》《地道战》《地雷战》《铁甲008》《闪闪的红星》《铁道游击队》《红色娘子军》《野火春风斗古城》《永不消逝的电波》等，看得人热血沸腾。当画面显示侵略者在我中华大地肆意横行、残暴杀戮时，现场叫骂声不绝于耳，老人手指屏幕，胡子颤抖："畜生！不得好死的畜生！"青壮之士从地面捡起石块奋力砸向银幕，发泄新仇旧恨。当镜头转为机智英勇的中国军人克服重重困难，吹响冲锋号，将红旗插在高地时，稚童跳将起来："我们赢了！我们赢了！"对军人的敬仰之心顿起：男儿立志穿上军装从军报国，少女憧憬找个军人男友。放映途中，偶有停电，四野暗黑，人群骚动起来，放映员连忙接上发电机，由村里青壮男人如蹬自行车一般，用力快速蹬机发电。踩累了，换人时，屏幕又漆黑一片，引来一阵尖声怪叫。

八十年代中后期,《庐山恋》《小街》《红楼梦》《芙蓉镇》等爱情片在乡村风靡,一个村庄放完了,到邻村去放映时,村里的青年男女蜂拥跟着再看,往往一部影片看上十多遍,台词记得滚瓜烂熟。当放映到亲吻镜头时,男孩子两眼放光,彼此打趣:"这跟吸铁石一样吧?是不是甜的?"女孩子则面色绯红,低头不语。

有一年冬天,寨头村放映新影片,晚饭后,三姐带着我,直奔四里外的寨头。途经下畈处有一片杉树林,传闻日本侵略军曾经在此与村民有血搏之战,死伤惨重,常闹鬼,因此林子旁修建一座土主庙。阴雨天、雪天或早晚天色不亮时,过路人皆结伴而行。三姐素来胆大,可到了杉树林,却牵住我的手,快步疾走。月色朦胧,倏地,一声凄厉的尖叫从头顶上空发出,紧接着,一只猫头鹰从树林里箭一般地冲出,我与姐姐吓得魂飞魄散,在小道上一路狂奔……电影开播很久了,心还在咚咚直跳。返回时,我俩夹在大队人马中回村,蹑手蹑脚开门,刚一溜上床,父亲来到床头,呵斥、责令我俩跪到床边的踏凳上检讨。父亲的威慑力平日我是领教过的,我乖乖爬起,跪到踏凳上认错。大我四岁的三姐则硬着头,父亲取来青竹桠,劈头盖脸一顿打,姐犟,不哭,不言,亦不认错,直到母亲气哼哼地上来夺去竹桠。第二天,三姐撩开衣襟搽药,手臂、后背皆是青一道紫一道。

电灯,让每一个日子有咸有涩,有甘有苦。

2022 年 1 月 30 日

文章逸语

除夕夜·灯火亲

三十夜的火,正月半的灯,火与灯是一个村庄的灵魂。

大年三十夜,家家户户在火炉膛架起粗大的干树蔸。树蔸多为杉树或松树,树干被斫伐后,树蔸没了养料的供给,日渐枯死。农人以板锄除去浮土,以角锄留住根系,用柴刀削去多余根须,推滚下山,绳捆索绑,挑、抬或拖回家,置于檐下,日晒风干,一点即燃。老家的炉膛分夏天与冬天。夏天的火炉是筑建高高的灶台,灶火供前后两灶眼蒸煮食物。冬天的火炉是敞开的,讲究一点的人家常常在靠近墙角处挖一个尺余深的圆坑,四周砌耐高温的老火砖。亦有在墙角处用火砖围成半圆形的简易火炉膛。秋冬寒冷季节,农人架干柴于炉膛燃烧,完成一日三餐的吃食,亦是靠这一堆火取暖度过漫长的冬季。乡里人有句谚语:腊月三十守岁,烧大树蔸,来年就养大肉猪。农人辛苦劳作一年,到头来不就是盼望着过年的时候,大碗喝酒,大块吃肉?将最大最干的树蔸架在燃着的柴火上,火苗舔舐着树皮,一层火线呼啦啦往上跑,红红的烈焰蹿得老高,一家人围在炉边,身上烤得热乎乎。血液在温软的血管里加速循环,血色在脸上层层润染,人亦是亢奋的。话匣子一打开,记忆在岁月的纵深处被打捞出来,聊着往事,老母亲的笑里泛着泪光。

守岁的时候,是孩童们最忙的时候,猪圈、菜园、茅厕、房前屋后的四周墙根早已备好了劈成大拇指粗的枞光（干松枝，松节油含量高，易燃耐烧）。大年三十夜，孩童早早拿了燃着的柴头，等父母发令。天尚未黑，迫不及待地将大门两侧的枞光逐一点燃，随即，另一家如得了指令，即时点燃。几乎同一时间，全村所有房屋通亮，祠堂、庙宇，亦是灯火通明。从高处俯瞰，灯火点面成线，绕着相连的屋宇，灯火闪烁，蔚为壮观。

除夕夜，点灯火，是有讲究的。

据说很多年以前，有种凶残的怪兽叫"年"，每到寒冬腊月就出来残害百姓，所到之处生灵涂炭，人人避之不及。一个有智慧的老人观察了很久，发现"年"怕亮光和声音。于是，他让家家点起长明灯，户户燃放鞭炮，将"年"赶跑，人们方得以安居乐业。此后，每逢除夕夜，家家放鞭炮，户户夜点长明灯这个习俗，沿袭至今。

稍稍讲究的家庭，会在房梁上，高高悬挂红纸糊成的四角灯笼，上书"新春吉祥""金玉满堂""吉星高照""出入平安"，都是各家自制的竹篾手工艺品。每扇门户贴有对联，大门贴的无非是"春回大地年年快乐，节满人间岁岁平安"，贴猪圈的往往是细软薄黄纸的门神图片，亦有在圈门两侧写"姜太公在此斩妖""尉迟恭在此辟邪"，横眉为"六畜兴旺"。从对联与灯笼的毛笔字可衡量各家子女的受教育程度，家族是否出人才，因而，每年的春节对联亦是文宣的老学究摩拳擦掌的得意之作，寄托了一个时期百姓的愿景。

守岁的日子，也是家家户户在火炉边包薯粉坨的时候。将红薯洗净去皮，母亲右手操菜刀，左手握红薯，刀起薯落。薯在掌指间不断后移，瞬间红心薯已成多块不规则薯片，卧于罐中。加水，将罐挂于吊钩上熬煮。泡米粉、洗虾米、剥花生、切豆腐干、斩腊肉丁，砧板、锅铲一阵响，红心薯汤也煮熟了。各种馅混搅在一起炸出了油、炒出了香，丢一把切成末的青蒜叶……让所有人都不由自主地咽口水。将红薯或芋头洗净煮熟，均匀揉入红薯淀粉而做成的薯粉团，甜软、不易破皮，亦有劲道。此时，一家人齐上阵，洗手包坨，将馅舀入粉团，捏紧，收口，捏成扁圆的鸭蛋状或圆形。火光熊熊，每个人脸上洋溢着喜悦。弟弟不会包坨却蹲在跟前，母亲用调羹（方言，指勺子）舀一匙馅，倒于他掌心，弟一口塞进嘴里，咀嚼有声，惹得一干人止不住，暗暗地咽下了口水。

薯粉坨，亦称包坨，是鄂东南山区过年时家家必备的食物，代表一家人团团圆圆，是大年初一早上的主食或待客的佳肴。做好的包坨，圆溜溜，白汪汪，放于滚水里煮熟，捞起，加以香葱蒜叶及作料炒或直接加汤食用，皮薄微甜，馅极香，易入口，咬一口，满嘴香喷喷，口鼻十分受用。一碗装两个，有饱胀感，耐饿。少年时我一顿能吃三四个，如今，才吃两个，胃容量提醒不能再增加了。家人却一个劲儿将坨硬生生往我碗里盛，仿佛我是在"作礼"（物资匮乏的年代，做客时只吃半饱，留给主家吃），我的眼睛望着包坨，连说带比画自己胃小了，实在装不下，家人才作罢。通山人吃薯粉坨的习俗，源于清朝乾隆末年，流传至今，已成了通山美食文化的一张名片。三十夜的火，将亲情围聚一处，包坨，是情感加深的催化剂，亦是游子记忆中挥之不去的乡愁。

转钟时分，树苑已烧去大半，人亦困乏了，将树苑撕下一块，燃着的部位不得敲打灭火，须以水浇灭，留完整的一角，待正月半的夜里——送年时再烧，寓意有头有尾，有始有终，新的一年将红红火火，平安顺利。

2022 年 3 月 20 日

一扇门的光阴

家在老街。门外是街巷。

门是防盗门,厚实沉重。购买时是纯正的墨绿,经阳光与风雨侵蚀,渐变成淡绿,许是看惯,并不觉得糟心。开关门的频率不多,早出与晚归。中午,门是鲜少被打扰的。

咫尺之外是咸宁一所知名小学。除了周末与寒暑假,每天上学、放学时间段,不同年龄的学子与接送家长途经门前。有淘气的孩子拿着棍棒沿街敲打,墙砖、钢筋防盗窗、门,"叮叮当当"一路响过,会招致家长的呵斥;亦有将门当沙包,冷不丁捶几下,踢几脚,笑着跑开。因而,门,并不寂寞。门,有时也被人无来由地用纸团、胶水堵住锁孔,或在门上用白色涂改液写字。无非是写些"2+9""3×7"之类的演算试题,再在下头打个"×"或"√"等,也有"某某,你是小偷、坏蛋""滚"之类,字刻得歪歪扭扭。这时的门,是受伤的。

夜深时,是门安睡的时候。有人会让门不得安宁。一些黑影东张西望,提着白漆或黑漆在门上草草写就"迷药""办证""富婆征婚"等字样,留一串电话号码;亦有贴上牛皮癣广告的。此时的门,估计是恼怒的。夜阑人静,灯亦明着,我写字写到干渴,去厨房取水,隐隐感觉到门外有呼吸声,轻手蹑脚上楼,从阳台上往下看:有人紧贴猫眼正往门内瞧。恼,扔下一只鞋子,门外人吓一跳,慌忙逃窜。半小时后,上楼,那幽灵再次如蚂蟥般黏附在门上。此时的门，是委屈的。晨起，见钱包、衣裤口袋被洗劫一空，扔于门外，睡房外出现莫名其妙的砖块、木棍，而门与锁完好无损……此时的门，是担惊受怕的。

门外的世界，是个万花筒，生机勃勃又诡异重重，透视苍生种种，谁也无法破译其中的密码。门被人惦记，日子过得不踏实。门道门道，门有道，门亦无道。道为人所控。无道者无仁。

十九年来，门忍辱负重，门伤痕累累。

我不想换门。

晨起，开门，昂首、阔步，脚步轻盈。夜归，尽管全身疲惫，走到门前，掏出钥匙，闭眼也能准确无误地找到锁孔，金属与金属悦耳的对接声，无异天籁，锁动门开，愤懑、憋屈、戾气甩于门外。门内，一盏茶，一卷书，世界便安静了！

门累了。进出者不熟悉门道，用力关门，墙体也有晃动之感。门在呻吟。日久，墙被撕裂，从一条缝线到能塞进一支铅笔，门整体下坠，开始不听使唤，洗衣的阿姨老说开不了门。门不好开的晚上，我不用竖起耳朵听门，夜间也能睡安稳了。

庚子年春，新冠肺炎肆虐湖北地区。门里门外，少有人声。清静日久，门内人焦躁不安，蠢蠢欲动。隔窗，与左邻右舍聊聊当下，解闷消愁。夜深，开门透气，亦不设防，一觉天明，安然无恙。

前几天，晚上归家时，门洞大开，师傅正在拆门。他们奋力敲、砸、推，门框纹丝不动，后动用电锯切割，陪伴了十九年的门终于缴械投降，尘埃落定。将旧门与钥匙一并给了装门师傅，师傅眉开眼笑，走出去很远了夜幕中还传来道谢声。新换上的门，灰褐大气，配了人脸识别解锁，刷脸就可开门，无须带钥匙，能防盗。于是，赶紧清扫，灰头土脸，不亦乐乎。

是夜，细阅人脸识别锁的说明书。新装的门，安了这锁就万无一失？我想起幼年时故乡老家的门。门是简易木门，几块杉木板，拼接，刨光。门内，一木槽，一木插销，倒头便可安睡。门外，将两根长铁钉两头锤弯，钉进门与框，扭接一根铁丝，就成了锁扣。出远门时，挂一把小锁或插上一根小木棍，铁将军把门的使命业已完成。晨起开门，入夜关门。白日，门是敞开的，家家如是，不曾遗失一张纸片。门只是出入口能开关的一个简易装置，无须添加其他身份。那时的门，有的贴着新中国的开国元勋画像，有的用炭头或毛笔在门上记着某年某月某日借谁一升米、几个鸡蛋、几块钱或谁谁生日之类，开门关门，时时谨记。门与人，坦荡安详。远古时期人们尚有"夜不闭户，路不拾遗"的民风，大道至简，如今回想，是门里有道。

这新装的人脸识别解锁，是何门道，是不是装了它，门里与门外者皆可心安？

而我，依然怀念家乡那不设防的木门。

2022 年 6 月 6 日凌晨

昔年龙灯今犹在

灯是个多元的名称。除了各种照明器具被予以"灯"的定性，还有多种娱乐活动是以灯为媒介的。

龙灯、狮子灯、彩船灯……灯作为民间春节娱乐的方式，装点着民众的文化生活，丰富着人们贫瘠的视野。

春节临近，是各种民俗灯粉墨登场的时节。

竹木精扎的龙灯、狮子灯，木制的彩船灯在岁末的烟火中醒来，被人从祠堂的库房中搬出，掸去尘灰，涂油抹彩，修补破损。这些历经多年贺岁礼炮烟熏火燎的器物，从真正意义上开始一年一度的复活。村庄需要它，那是人丁兴旺的实力见证，亦是宗族向心力的延续。

新年的钟声进入倒计时，读书的、上班的、从商的，各种脚步汇聚于同一条尘土飞扬的土路，脱下名贵或简朴的衣装，穿上喜庆的同色衫，肌腱的力量在锣鼓的助力下散发着荷尔蒙的气息。

从大年初一到十五，是龙灯、狮子灯、彩船灯在乡间一展技艺的时候。白天，一人先行，沿路线到附近的村庄下帖（简短的文书），告知来本村耍龙灯的时间与人数，接到通知的会回帖，安排接待事宜，并在本村公告。黄昏临近，远远地，敲锣打鼓声传来，到了村口，该村一路放鞭炮接龙。龙是吉祥物，进祠堂、入祖屋，左进右出，不走重复路。大户人家会主动提

> 文宣逸语

鞭候在路边恭迎喜龙，高擎龙头者是何等精明之人，早早举着龙头朝主家祈拜、喝彩，屋里屋外转个遍，主人喜笑颜开，封赏红包、散香烟、丢糖果，送龙时鞭炮连绵不绝。舞龙的若是同姓叔侄则由房头户老[1]置酒款待、封礼包，夜深时，安置其住宿。

亦有附近方圆数里的异姓大族前来舞龙的。

下帖者会提前摸清每个村落的情况：本村人的儿女是否与其村村民结亲。我母亲的娘家是杨林乡西坑村人，姓王，距离我老家文宣三十余里，不通车，外公外婆去世早，除了红白喜事，平时很少回娘家。母亲将其堂妹说与本村人结亲，也是为了能给自己做伴。王姓是大族，杨林乡很多人都姓王。那年大年初二，母亲得知她娘家人前来舞龙，喜不自胜，约了她堂妹，每家置办四桌酒席，天没黑就派我和弟弟守在村头。天寒地冻，我们等啊等，月亮出来了，又西沉，还不见舞龙灯的队伍。寻思着，今夜估计不会来了。同村的迎宾在火堆旁打着瞌睡，哈喇子流得老长，我和弟弟也熬不住，欲打道回府。抬头，隐隐看到一条红线，往我们村庄的方向移动。

"阿姐，来了来了！"弟弟跳起来，往家里飞跑。值班的一个激灵，惊醒，提了铜锣，奋力一敲。红线渐近，变成一串红葫芦，在田野的路上跳跃，"咚咚锵，咚咚锵，咚咚锵锵咚咚锵！"铿锵的锣钹声，越来越近。鞭炮喧天，村里的男女老幼

---

[1] 鄂东南一带的方言。一个姓氏的一个支脉就是一个房头，户老则为有名望的人。

都迅速聚集在禾场。

王姓的龙灯,是九节龙,连同举龙头的、引龙珠的、放鞭炮的、下帖的、内务等,是个庞大的队伍。走进村庄,浩浩荡荡,有延绵不绝之震撼。

母亲脱了旧布衫,换上新棉袄,一手系纽扣,一手整头发,一路小跑迎上去,挨个儿打招呼。松节油火把点亮了夜空,母亲光滑的脸颊润染成两朵红云。平生第一次,娘家人以这样盛大的方式出场,是对出嫁女儿的赞许与嘉奖。母亲一会儿在禾场指引,一会儿跑回家中安排叔伯妯娌抹桌铺筷款待来宾。长长的舞龙队擎起龙身,跟随龙头的指引摇头摆尾,在禾场打圈。母亲指着游动的人流:"这个是我阿统叔,你叫高公(即外公);那个短头发的,是舅爷;面前这个,是我侄子、你的表哥……

"阿次,快去龙灯下钻一钻,不长龙灯疮。

"阿立,你这矮仔,赶紧去龙灯下多钻几下,长得快!

"阿姆,龙灯来了,阿婆叫你把细妹抱去,让举龙头的摸一摸,让妹的病好快点。"

…………

龙被视为神灵之物,无所不能。乡民认为,被神龙惠泽过的村庄和人是幸运的,有病灾或祈愿的人,到龙身下转一转,能消灾弭祸,逢凶化吉。

锣鼓声急,火龙越转越快,礼炮瞬时齐发,吆喝声、呐喊声、奔跑声,响成一片。灯火将村庄的年味炒到了高潮。

2022 年 2 月 15 日

第二辑　文宣·事

秋风长　茶油清

1

瓦屋，土砖，小木窗，红红的灶火，油滑的土夯地面，阴暗的榨油坊。油渍斑斑的五个彪形大汉两手同撑一块悬木，喊着号子，上臂肌群的肱三头肌、肱二头肌、肱肌同一时间青筋暴怒，十手合力挥动悬木，撞击油饼架上的木楔，"砰""砰""砰"，震天动地。棕绳"嗦嗦"，铁箍"吱吱"，木块越挤越紧，物理压榨的油饼开始冒油，一条清亮的油线"汩汩汩"地流向油槽……

这是CCTV《远方的家》播出的画面，也是故乡刻进我童年的记忆。闭上眼，茶油的清香在鼻息间游离。

油茶是南方山区特有的物种，茶籽压榨提炼后是传统的纯天然食用植物油。油茶在鄂东南地区称为"山茶""茶籽树"。

山茶树为常绿小乔木，叶扁圆，树皮为黄褐色或灰褐色，光滑。植株有高有矮。老家门前几十步外是座扁圆的小山包，山不高，因攀爬、踩踏频繁，顶端不长草木，成了村里的儿童游乐场。半山以下是左邻右舍开垦的庄稼地，靠近山顶处，杉树、栎树、山茶树，多为矮株。其中以山茶树居多。每年冬末春初、露水正浓时节，山茶开花，滴露是天然的糖水。山区的孩子睡得早，起得也早。天麻麻亮，父母起床，孩子也醒了。一早，呼朋引伴，爬上山头。山茶树上缀满了白色花朵，花瓣上毛茸茸的，布满密密匝匝的小露珠，外缘低处，露珠晶莹欲滴。急不可耐地走上前，两手轻扶枝条，踮脚，仰面，舌头伸得老长轻舔滴露，绵甜，味似黏稠的白糖水。仰头，一朵朵吸吮。有时，黄色花蕊内有黑色小飞蚁黏附其中，折一根小枝条，一阵抽打，近处的小黑点就四处乱窜。亦有小蜜蜂钻进花蕊内，低头露尾，吸得正欢。人一靠近，冷不防这厮从后尾处放出一支"冷箭"，顿时，感到一阵锥心的刺痛，大叫一声，其他伙伴会围上来，两指紧掐，用力挤压出"毒箭"，吐点口水涂抹于皮肤上，算是完成消毒过程。有时，正吸得起劲，冷不防被捣蛋鬼的小伙伴摇一摇枝条，露水、花瓣纷纷跌落，脸颊、鼻头、额头就会沾上明黄的花粉。早饭时，家人在门前高喊"恰饭了（方言发音，意为吃饭）！"忙不迭顺着小道溜下山。每每，母亲看着我露水打湿的裤管，又看看我唇边、两颊黄黄的黏液，戳戳我的额头，并不打骂。

山茶泡，亦称"茶苞"，是春季的天然果蔬。清明前后，是山茶泡的成熟期。大的堪比糖梨，小的则如鹌鹑蛋。没熟前，为青色或是紫茄色，微硬。迫不及待摘了，咬一口，苦涩无比，连忙吐出来，将手中的一团用力一甩，一条抛物线落在远处，摔成烂泥。假以时日，青色或紫色外皮褪尽，便熟透了。这时的山茶泡为润白色，里面是空心的，捏着就如捏一个漏了气的小皮球。入口，绵软、微甜、清香。白果挂在枝头，在绿叶中甚是惹眼，就地取材，成年人亦爬树采摘，洗净，当水果吃。这些果腹的山珍，温暖了我贫瘠的童年。

2

每年的寒露或霜降时节，山茶果成熟。寒露节气摘的茶果叫寒露茶，此时，茶果饱满，水分充足，山茶出油率最高。村庄附近山头的茶树都是矮树，无须爬树，弯腰、抬手或拉扯枝条便能摘到茶果。深山密林树高枝粗的，得爬上树或借助柴刀、木钩拉枝摘果。在丛林里钻进钻出，一片山一片山进行地毯式搜索，女孩顺溜的发辫会散乱，打着扭结，蓬头垢面；青壮男子的手脸平添几道枝条划过的血印，袖头裤边亦添新的裂片，那是荆条与钢刺篱笆留给山民的杰作！成片的山茶林在杨家村靠北山一带的国道附近，历年来是基层政府育林的形象工程。前人栽树，后人受益。文宣村住户多，地盘大，交通不便，植树造林的活儿多是出义务工去国道旁为他人作嫁，本村则没有集中栽种成片的山茶树或其他树种。因山茶树不易栽种，播种较为困难，对土壤、气候、光照要求较高，成活率极低。听父亲说，我出生那年，他在后山的地角栽了一株山茶苗，四年才开花，之后树体分枝散叶，生长旺盛，我八岁时才挂果。许是掠取了菜地的养分，那一棵山茶每年硕果累累，有时能摘一箩筐山茶。

山村的山茶苗并非成片栽种，多是秋冬绽裂落地的茶籽，滚落在枯枝败叶的浮土间，或被饥肠辘辘的鸟雀用尖利的喙费了九牛二虎之力啄开一条缝儿，最终奈何不得，弃于土壤，如此种种，受土地引力的牵拉、雨水的滋润、日照的抚摸才生根发芽。

村里人每年将本地的山茶迅速摘完后，就去邻村地盘的北山捡山茶。捡山茶，须是主家先摘而尚未摘净的，是为捡漏之意。一大早，带上水与干粮，邀约上路，成群结队翻山越岭，向地广人稀处扫荡。碰上主家漏摘的山茶树，鸡蛋大的茶果密密匝匝，压弯了树枝，人们便闷不作声，飞奔过去，将背箩置于枝条下，顺枝一撸，茶蛋儿一嘟噜一嘟噜滚进背箩。有时，一棵树就能摘满一背箩。那情形，无异于喝了一碗排骨汤，浑身舒坦。北山的庄户人家，圈地为王。他们担心捡茶果者不爱惜茶树，宁可树上遗漏的茶果落地腐烂，也不愿他人捡漏，因而他们也会派人守山。见采摘者就驱赶，将茶果没收。这时，同行者会大声呼喊，结伴营救，夺回山茶。亦有钻林挂刺，大半天只摘到半筐麻雀蛋大的山茶果，人亦精疲力尽，满脸沮丧。黄昏时分，为首的在山头高声吆喝，各路人马迅速撤离，一同返程。背箩、箩筐、蛇皮袋，鼓鼓囊囊；亦有将长裤脱下，尾端打结，两裤管塞满茶果，两条"腿"卡在两肩，一走一晃。山路顿时有了声息。男男女女，或头如鸡窝，或脸若灰炭，或衫似破布，或鞋系青藤，你看看我，我看看你，打趣的、笑骂的、发誓的、赌咒的，声音盖过归林鸟儿的喧闹。高或矮，单薄或臃肿，肩挑背扛的剪影在斜阳下定格。

「文宣逸语」

往墙角一倒,红的、青的、褐的,圆圆的茶蛋儿满地滚,用木板一挡,隔起一道围屏。十余天后,远远近近的山茶被一双双手亲吻,离开母体,送往同一目的地。集腋成裘,墙角的茶果堆成小山。儿童惊喜于一年才有一次的游乐场地,成群结队爬进果堆,你推我搡,丢来掷去,上演"植物大战僵尸"的混战。间或,其中一个翻出一颗褐色的野生猕猴桃,大叫一声,两手捧着,傻笑不止。其他伙伴便低头撅臀,扒拉果蛋,纷纷寻宝。恨不能掘地三尺,一饱口福。

有经验的农人深知,油茶树、竹笋等都有一特性:头年丰收,第二年定会歉收,循环反复,多年如是。

暴晒,开裂,褐色的茶籽,一粒粒分离,脱落,晒干。入冬后,打茶油。年,就近了。

3

榨油坊在村口右侧的阳雀林。

一栋单独的砖、瓦、木结构的房子,占地约五百平方米,是方圆十里内唯一的榨油坊。

碾槽、土灶、油杖、漏斗。铁与木,在光阴的一角,经油匠的汗水与植物油的陈年浸染,与地面的泥土融成一色,油光发亮。碾子直径十余米,底托为檀木,两米成一节,榫接成一个大大的圆,圆周上安装着厚实的铁碾槽。从高处往下看,似哪吒的风火轮扣在地上。碾槽为镔铁,上等的精铁焊制,干茶籽一颗颗碾成齑粉,全靠这金属的耐受力。

碾盘是高大的木架子,横木的一头在轴心处固定,木架下端一前一后各装一个大铁轮，不偏不倚，压在铁槽内。木架厚实、笨重，上可坐赶车人。榨油坊开张时，耕牛可受罪了，农人给耕牛套上牛轭，将晒干的茶籽倒进槽内，牵扯牛绳，一声吆喝，牛拉着碾盘沿碾槽转圈而行。牛，走着走着，永远走不出那个怪圈，牛晕、牛倦、牛躁，一会儿尿，一会儿拉，臭气熏天。人不能捂着、接着，哪有人伺候畜生的呢？举鞭，狠扯牛鼻绳，可牛就是不肯迈开半步。办法总比困难多，人给牛眼蒙上红布，嘿，牛乖乖顺顺，反复打转时再也不会发晕了。动物之间的斗智斗勇，智弱的一方会臣服。赶车人一般是与油匠师傅沾亲带故的瘦弱少年，体轻，坐在离地一丈余高的架子上，举着鞭子，随着牛的拉动，一圈又一圈，在年少的我们眼前晃过，威武、神气、趾高气扬。从幼年到少年，我多次去榨油坊，很想坐一趟架子车，体味一把高高在上被牛拉着摇摇晃晃的感觉，那是电影《大篷车》里才有的镜头，终究，因父兄不是榨油匠，一年一年，神往而去，失望而归。

　　耕牛长时间负重前行，脚下越走越慢。少年举鞭却不鞭打，不时甩个亮鞭唿一唿，牛就紧走几步。牛背的汗顺着牛毛一滴滴往下淌，牛累了！这时，解下眼罩，喝水，喂草料，换另一头牛来拉。牛与人歇气的时候，油匠师傅去室外的暖阳下抽着自制的卷烟，我们这些小鬼头溜进去，扫扫弹到槽口的油料，摸摸光滑冰凉的铁槽，胆大的三两步爬上架子，挥动鞭子，朝空吆喝几声，过过干瘾。

　　油料碾成粉末后，倒进圆锥形的大蒸笼。土灶上铁锅里的水已成一团团水花，蒸笼一放上去便雾气腾腾。一笼可以蒸二十斤饼粉。猛火蒸半小时,待油料熟透、绵软,两指一捻,出油了,倒在纱布上,在铁箍模子里铺上密密麻麻的干净稻草,把饼粉倒在上面,一层层压实。一块饼约十斤。饼粉全部蒸完后,一块一块码放到高大的榨油机槽上,以材质密实的檀木抵紧。油撞是方正的厚木块,用棕绳吊在横梁上,左右各二人执掌,其后一人牵着油撞尾部的拉绳压后。万事俱备,五人脱去上衣,赤裸上身,只听"嗨"的一声,开弓箭步,一齐用力将油撞往后托起,惯性回力时顺势使力,往前一推,硬木与硬木的撞击,"砰"一声巨响,山摇地动,震耳欲聋。"砰""砰""砰",声音一浪高过一浪。茶饼受重力挤压,流出的油牵连不断,千万条油线像密密匝匝的钢琴五线谱,煞是好看。人在这头,透过油线,影影绰绰可见那头往大灶添柴的人影、火光以及锅上蒸笼的腾腾雾气,亦梦亦幻,三十年来,在我的梦里反复上演。

4

流进油槽的油,汇成一条小溪流,经过滤网,流入油缸、油桶、油壶,清亮亮、香喷喷。这时,撞油的师傅也累了。农人已送了饭菜,将平时收藏在阁楼、米桶内舍不得吃的稀缺物都拿来款待油匠师傅。腊肉、鸡蛋、豆腐泡,不够,米饭里再浇一瓢新榨的油!真个是吃得满嘴流油了。"好懒做和尚,好吃做油匠",油匠能吃香喝辣,在旁边玩耍的我们,两眼圆鼓鼓地盯着他们,看油腻的褐色竹筷不断伸向土钵,看他们鼓凸凸的喉结一上一下。心想,那一方"山洞",怎就填不满呢?拼命压抑自己别咽口水,喉头却不争气地"咕咕"响。大小油桶满满当当,农人脸上纵横交错的皱褶开出一朵朵干瘪的菊花儿:过年的油水厚了哟,油能吃到第二年冬呢;精打细算着,还可匀几斤送人;这日子,越过越有奔头了!

茶饼经强力挤压越来越干,慢慢地油越来越少,滴滴如金。将油壶接一晚上,也能攒个两三斤。农人从铁箍里取下茶饼,干枯的茶饼与干草粘连相嵌,像风干的实心摩托车轮胎,这,亦是不花钱的玩具。少年滚着圆圆的茶饼,忽前忽后,时左时右,身手轻捷。儿童跟在其屁股后颠颠地跑,一不留神,前头的茶饼倒地,躲避不及,撞在饼上,沾染一身的茶油清香。回家后,母亲又嗔又怒,敲着我的小额头:"好吃佬,是去榨油坊偷油吃了?"

风调雨顺的年成,一百斤茶籽能榨出三十斤茶油,出油三十三斤左右的定是肥沃土壤的茶树。花生出油率是三到四成,芝麻出油最高,每十斤能出油三斤有余。

农业合作社吃大锅饭时期,生产队一年可收成三百多担茶籽。夏日农闲时,榨油坊日夜工作,粉碎、蒸粉、榨油、过滤。五六个油匠师傅得三五天才能把队里的茶籽榨完。

我家茶油收成最高的是八十年代中期,哥哥姐姐已成人,父亲内退在家,全家人出动捡山茶。茶果堆了半房子,翻晒、去壳,一年能晒两担干茶籽,榨五十多斤茶油,家里二尺高的大油瓮都装满了。母亲笑得合不拢嘴,她将漏斗架在空酱油瓶上,用长柄的竹筒舀起茶油,长长的黄色油线流进透明瓶子,一点点往上漫,母亲的脸上溢满劳动所得的快乐与成就感。以木塞塞紧瓶口，让我带到学校，蒸菜时滴几滴，改善生活。

"芳香滋补味津津，一瓯冲出安昌春。"唐代著名诗人李商隐，曾为油茶代言，诗人一定是反复品味过茶油的神韵，才灵感迸发吧。

最幸福的事莫过于放学回家，母亲蹲在灶前，锅烧得红红的，一勺茶油，一碗剩饭，锅铲翻炒几下，饭粒噼啪，跳得老高。撒几星盐，几许酱油，一把小葱或一团苦菜，无须下饭菜，便胜却人间无数美味佳肴，一整天，咽的口水都是香津津的。茶油不单单营养丰富，色清味香，还有清热解毒、活血散瘀、止痛的功效。膝盖手肘磕碰的青紫，滴几滴茶油，轻轻揉一揉，皮下出血的青瘀就慢慢消失；夏天，被烈日暴晒过久，头脸长疖，抹点茶油，能消肿止痛；喉咙上火，声音嘶哑，母亲用汤匙舀几勺茶油送进我们的喉管，反复几次，就不用找医生了。那年头，一斤纯茶油大约价值十元，是我上学两个月的生活费。成家后，每次榨茶油，母亲总会将油壶灌满，让我给孩子熬粥时舀一勺，通肠润肺，可治厌食、隔食。

如今，家乡的茶油价格年年攀升，已达五十元一斤。在琳琅满目的植物油中，专家检测出山茶油的不饱和脂肪酸含量高达 90% 以上，能中和日常生活中的肉、蛋、奶等食品中的饱和脂肪酸，抑制肥胖，预防三高，有抗癌、美容等功效。农人不懂这些数据是否可靠，他们费尽千辛万苦得来，只因这野生压榨的茶油是最为放心的食用油，多是自用，不轻易送人。能送你人十斤或二十斤纯正山茶油的，必是感大恩或有过命的交情。自从母亲去世后，茶油的香，我亦只能在梦里寻之千百度了。

5

茶饼，是上等的肥料，又称饼肥，可以治虫。普通人家舍不得拿去做肥料。天寒地冻时，一块茶饼可从早烧到晚，室内温暖如春，一整天香气缭绕。夏天，将茶饼用斧头敲碎，倒进低洼水沟，上截下堵，水里就冒着一层层泡泡，鱼虾闻香而动。不一会儿，小鱼小虾就晕头转向，用网兜一捞，有的欢蹦乱跳，有的半死不活垂死挣扎，原来，这饼粉不仅可防治稻田害虫，亦可弄晕鱼儿。大半天后，将沟堰的角角落落捞遍了，再将泥鳅洞、黄鳝洞戳一戳，两手照着洞眼一抄，嘿，准会掏出或长或短的一条。黄鳝会咬人呢，得快速用大拇指掐住其头下一指处的"七寸"，那厮才顺顺溜溜地受人摆布。下半晌，开沟放水，将背篓的鱼、虾、黄鳝、螃蟹背回家。少年满脸泥水，衣裤湿透，赤脚走在石子满地的小路，昂头仰面，在人们的称赞与艳羡中，藏不住脸上的喜色。黄昏，炊烟缕缕，茶油香与鱼虾香四下弥漫，在人们的心底划开一道道温柔的涟漪。狗儿猫儿亦不闹腾了，蹑手蹑脚守在灶台边。入夜，蛙鼓虫鸣，山风轻柔，上弦月在树梢时隐时现。孩童在月下你追我赶，捉迷藏，捉萤火虫。闹够了，门扉，一扇一扇，轻轻地关上了。村庄在此起彼伏的鼾声中安睡。童年或少年的我，梦里便是周公捧着茶油煎炸鱼虾与各种食物的香。梦呓喃喃，夜往深处去。

6

2019年深秋，我专程回故乡。举着相机，对着祠堂庙宇、房梁屋柱——对焦的时候,蓦然想起村口右侧那一处神秘的榨油坊。我心跳急促,快步穿过庄户人家的门前。农闲时节,各家门前聚集老叟老妪,在暖阳下安坐或闲聊是他们消遣光阴的最佳方式,我将诸多问候留在唇边,让风儿捎给他们,脚下一刻不停,抄近道奔向那片坐西朝东的坡地,以前稀稀疏疏的四户人家如今依山势建成了一排排楼房,楼栋相通,鸡犬相闻。寻了两圈,不见曾经那栋砖瓦结构的黑乎乎的土房子。幼年时期那里近似于神祇之所,如今被分割成两块,成了两栋嵌满白瓷砖的三层小楼。门前的香樟树、桂花树,绿影婆娑,冠若蘑菇云;麻雀蛋大的金钱橘,半青半黄;鸡冠花茎粗叶肥,硕大的花冠红艳出色。它们是在苍茫山色中引吭高歌,还是在嘲笑我离家日久孤陋寡闻?

"桃李春风一杯酒,江湖夜雨十年灯。"

翻阅族史,一行字跃入眼帘:1970年,文宣人成良坤在燕厦港口引进油榨,在阳雀林建坊开榨,至1992年停办。

居然是我父亲在燕厦粮管所工作时引进的榨油设备!

有着三百六十户的文宣村,在七十年代以前赖以生存的食用植物油竟然是去五里外的邻村压榨。难以想象,乡亲挑着干茶籽与饭食负重而去,提着油桶或抱着油瓮油罐战战兢兢如履薄冰步行返家,年复一年,是何种不省心!

改革开放后,村里青壮劳力陆续外出务工,自家的田地尚自顾不暇,山茶林更是无人打理,杂木与芭茅侵占地盘,郁郁成林,山茶树渐渐淹没于林海之中,减产、低产,甚而不结茶果亦比比皆是。农人多数不愿翻山越岭大海捞针般摘捡茶果,榨油坊渐渐失去了作用。1992年,一把大锁阻隔了少年神往的伊甸园,人们再也听不到那作用力与反作用力的撞击声。两年后,在凄风苦雨中,榨油坊坍塌,沦为泥土。

如今,每年秋季山茶果成熟时节,尚有闲不住的村民在附近小山捡摘山茶果。删繁就简,茶籽为现代机械粉碎,机器压榨,无须人工撞击出油。榨油坊的手工制作工艺,将永久失传。

留守在山村的儿童,还有什么能温暖富裕却贫乏的童年?

2020年5月5日

文宣逸语

找副业

　　武叔，名成良武，是我的堂叔。准确地说，他的祖父成荣瀚与我曾祖父成崇浩是同胞兄弟。我幼年时居住的老屋，为他们兄弟二人所建。老屋两侧是厢房，进门的右边是长兄崇浩一支居住，左边是三弟荣瀚一支居住。

　　荣瀚的次子宝善，就是良武的父亲，生性忠厚怯懦，不大声说话，不与人争辩。一天到晚，埋头做事，寡语少言。

　　六七十年代，没上过学或读几年书就辍学的孩子很多。武叔的父母扎紧裤腰带，日夜劳作，忙时下地干活，不忙时上山砍柴。晚上或雪雨天搓草绳、打草鞋。三五天就挑一担干柴、捆一卷草鞋到十五里外的横石街卖，以一百斤干柴一元钱、一双草鞋一角钱的廉价劳动换回孩子的读书费用，长子良雄是哑巴，未上学，其余三个儿子都上完了初中。

　　上不起学的孩子，在家不会闲着。小小年纪就随父母干活。男孩子挑水、砍柴、种庄稼；女孩子除了洗衣做饭、绣花纳鞋、喂猪、砍柴、打猪草外，亦做农活。到了十四五岁，发育已同成人。穷人家的孩子早当家，无一例外，顶劳动力出工挣工分。

　　靠山吃山，靠水吃水。山区的人，为了活命，会在山字上做文章，寻活路。

　　文宣地处九宫山下，九宫山又是幕阜山系的一支余脉。幕阜山系跨湘鄂赣三省，群山莽莽，茂林深篁。山之深处，竹、木、珍异药材是未曾开采的天然宝藏。本地山民争相前往，周边相邻地区的山民亦跋山涉水，前往淘宝。美名曰找副业。副业，顾名思义，是指种植农作物之外赚取的收入。当今人称之兼职。

鄂东南的农人想外出找副业的，大致只有一个方向：去江西。通山通往与之交界的江西有两条路径，一条是从杨林经一盘坵林场进入江西，另一条是从九宫山老崖尖进入江西。一盘坵林场那条道较为平坦，去的人多，可活儿难找。往九宫山方向的，得先从山下登山，再翻越九宫山主峰老崖尖到达与湖北交界的江西武宁县。老崖尖，也称老鸦尖，是九宫山最高的山峰，也是幕阜山脉的最高峰。因其特殊的地理条件，山高路陡，气温偏低，登山者寥寥。

春耕或秋收过后，农活不多时，村里的年轻人便蠢蠢欲动，千方百计增加收入，外出找副业成了常态。把田间地头的杂活丢给父母或妻子，身强力壮的青年背着被窝行李，成群结队外出寻活。有的去杨林一盘坵林场，有的奔赴九宫山。初中毕业的良武，已长成了大个子，就跟随三哥步行登上三十里外的九宫山去找副业。

九宫山是避暑胜地，房源紧俏。租房居住找副业是件奢侈的事，一年四季都有来自咸宁各县的务工者前来租住。山上的居民意识到有利可图，纷纷在山上开疆辟土，搭建茅棚出租，同时给民工做饭，收取一定的费用。租住在九宫山简易茅屋，通常是凌晨四点起床吃饭，四点多打手电筒出发，翻过老崖尖，到达江西交界的原始森林。松树粗而重,翻山越岭,背负困难。杉树纹理顺直便于砍伐,木质较轻,背起来也轻松,因而,杉木是伐木者的首选。欲在满山满岭的树林中寻找适合尺寸的树木,需要眼力,更需要判断力。携带的工具为斧头、卷尺、墨斗与锯子,而熟练工为了减轻负累,只带斧头与卷尺。

"我到九宫山林场、一盘圹林场做工,砍竹、砍杂木。砍一根竹拖到山下收购站是3毛钱,去偏远的难度较大的地方砍一根竹是5毛,一天大约能砍20根竹子,竹子密集的地方一天能砍30根左右。起早摸黑,一天的工钱不到10元,人也累瘫了。

"1986年,我母亲病了,卧床不起,我四处求医。那时,我一个人要养五口人,父母、哑巴大哥、快30岁还没成亲的不大会干活的二哥。母亲的病越来越严重,后来眼睛完全看不见了,我得在家照顾她,做农活只能填肚子,没有经济来源,找副业存的几个钱很快用光了。转眼,我到了娶亲年龄,父母托人四处给我提亲,女方一看到我,挺满意,一听说我还有两个没成家的哥哥与一个瞎子老娘,都拒绝了。直到26岁,邻居将他外甥女的小姑子介绍给我,就是你婶娘。她没上过学,从小就是病恹恹的,不会做家务。我家庭这个样子,是没有能力挑选对象的。我是1991年结的婚,1996年,病了10年的母亲去世了,紧接着我父亲与大哥也病逝了,一年之内,家中三个人去世,真是雪上加霜!这期间的苦,就不说了。2000年,为了送孩子读书,我到通山县城租房子住,开三轮车拖货,当搬运工,到现在做这行20年了。咳,人哪,要读书,只有读书才有出息！好在我儿子本科毕业，我将二哥的女儿接来，供养她上学，没让她辍学，如今她专科快毕业了，我也就熬出头了。不怕你见笑，我得感谢父母给我的一副好身板和一双健全的手！以前我靠一双手养活七口人，现在我靠一双手养活四口人！你说，我还有什么不满足的呢？"

武叔絮絮叨叨，笑着停下了话题。

这些天，他每天一大早从通山县城骑摩托车回文宣老家，有时带点菜，中午在我大嫂家吃中饭。多年没见，他还是二十年前的老样子，见人笑眯眯的，永远不温不火。只是，五十多岁的他，白发在他头顶肆意生长，已占领了一大半地盘，人亦显清瘦。看到我在家乡采访，很惊喜，溢满的笑就没消停。他说老房子垮了十多年，每次回家没地方安身，儿子常常梦见回故乡，不让他在县城买房，要他在祖屋的宅基上重建。

"现在人人都想往城里迁，儿子却要回家乡建房，有这份家乡情结，很难得！我祖上是出过读书人的，守住祖业，也是我多年的夙愿！"

他搭梯子上墙头拆除破败的老房子，一个人将完整的青砖和瓦片从木梯上滑下来，再码堆："这是祖上亲手烧制的上等青砖，一百多年了，还能继续用呢。我趁着身子骨儿硬朗，把房子建好，我们回家就有歇脚的地方了，你大哥也有个伴。"他乐呵呵地坐在石墩上，点燃一支烟，淡淡的烟雾，从他口中缓缓而出，瞬间销匿在午后的秋阳中。山野静寂，时光不语。叔侄二人，打捞起往事，聊着聊着，声音渐次低了，抬头，彼此的眼中都挂着雨雾。

天快黑了,他坚持骑车返城。

"来回百余公里,房子不是一两天能建起的,我家三层楼房,空房子多着呢。"大嫂一再挽留。他笑着摇摇头。望着他疾驰而去的背影,我知道,他是不想给人添麻烦!曾经翻山越岭一天步行百余里,一双手为家人撑起一片绿荫,多少苦难都过去了,如今借助机车汽油,即便路途遥远,往返亦是心甘的呀!

春节期间,我从侄儿发来的图片得知,武叔的房子已建好了。四间房,只建了一层,前后费时两个月。建房期间,他在他三哥闲置的家中居住,全村人都来帮了忙。

倘若回老家居住,他能以什么为业呢?如今的家乡,还有副业吗?

2020 年 2 月 16 日

素履之往

得知我在老家文宣，家族里的良柏叔从通山县城匆匆赶回。许是心中积压太多往事，需要有个倾泻的窗口，他才走到门外便高喊我大哥的名号，一脚踏进堂屋，来不及喝口水，就弯腰，下蹲，解开手提袋：黑黄色的草鞋、发白的绿色解放鞋、褪了色的黑色圆口布鞋、印有"毛主席语录"字样的红色小本子、泛黄的手工缝制的线装书……最后，他掏出一个小布包，一层层摊开，是一双约三寸长的旧软底绣花鞋。这才抹去额头细细的汗珠，拉一把椅子坐下，满心期待地看着我："这是我祖父母、父母、我三代人穿过的鞋子，你看看，能不能写写？"

不同的鞋子是不同时代的产物，代表一个时期的精神风貌和百姓生活的状况。我有什么理由拒绝村庄过往的真实呈现？还原历史，还原岁月在祖辈父辈身上刻下的或深或浅的记忆，让当今的你我反思，感知、感恩当下，何尝不是一种积极向上的生活态度？！

是以，当年逾六旬的良柏叔表情凝重地讲述过往时，我记录不畅时，感谢现代的电子产品——录音笔，一句不漏地帮助我完成素材的整理。

祖父与草鞋

1884年农历五月，青黄不接之时，文宣五房楼坪湾的一农户家，我的祖父成崇熙（字绍纯）呱呱坠地。时逢乱世，列强入侵，狼烟四起，抓壮丁拉苦力，屡见不鲜。十四岁时，祖父被拉去当脚夫，一年四季挑着枪支、子弹和雷管炸药等军用物资，跟随军队行军打仗。买不起鞋子，穿的是自己编织的麻皮草鞋，翻山越岭，涉水过河。长时间在石砾路上行走摩擦，草的耐受力极为有限，加上露水打湿或下雨浸泡，没多久祥绳烂断，底磨穿，多数时间是打赤脚挑着重担赶路。日久，脚板麻木，脚掌前后都结了厚厚的硬壳，碰上尖利的石头，划破硬壳，一路上鲜血沾地，结痂、流血、再结痂，脚底就成了铁掌。挑夫多年，长期在野外奔波，风餐露宿，体力透支，走不动时，后勤队长就用大头皮靴踢，牛皮带抽，祖父的手臂常有血印，腿亦青一块紫一块。有一次，祖父已一天一夜没进食，饿得两眼冒金星，路过下畈的港堤时，一个踉跄栽倒在地，肩上的担子一头掉进水田一头掉进小河。军官见状十分恼怒，一脚将祖父踢到河里，同行的脚夫敢怒不敢言，眼睁睁看着祖父被河水冲走。冲到下游时，被当地的村民发现，救起，喂米汤，待其苏醒后，搀扶着送回家。祖父因积劳成疾，无钱医治，于1936年二月初六，含恨离世。

祖父生前留下三男一女。祖母从小被缠足，一双三寸小脚在山间小路上行走得颤颤颠颠，走路都不稳，耕田种地已是奢望。家庭遭此横祸，一辈子依靠丈夫的祖母感觉塌了天，日夜痛哭，多次哭晕在地，活活将一双眼睛哭瞎了。此后，沉重的家庭负担落到了伯父和父亲的身上。伯父教父亲耕田。牛是农人的命根子，犁田、耙田，全靠牛拉着农具在水田中耕耘。没有牛，就像盲人缺少了拐杖。祖父在世时，挑夫尚有微薄的收入，春耕能租用富人的耕牛。如今，家里没了经济来源，租不起牛，只得靠人拉。父亲1920年出生，这时已十六岁。伯父在前头拉犁，父亲在后头扶犁，犁田、耙田，兄弟俩在水田踉踉跄跄，整天一身泥浆一身水。双目失明的祖母让从小患病的十岁幼子牵着送饭，祖母看不见两个儿子犁田的艰难，就用手摸一把他们满是泥浆的头脸。老人坐在田塍上，默默流泪。

父亲的草鞋生涯

穿草鞋的日子传到父亲这一代，家乡人几乎家家户户都会打草鞋。草鞋的原材料是稻草与苎麻，稻谷收割后，满田畈都是脱过粒的稻草。草是卑贱的代名词，家里的牲畜不如人意时，人们骂猪骂狗，连草也不能幸免：草猪！草狗！即便是没有田地的人家，也可任意在谁家田里拖几把稻草回家打草鞋，绝不会有人指责。稻草除了用于铺床隔潮保暖当垫絮，搓草绳打草鞋的用草量是微乎其微的。山乡杂木多，家家烧硬柴火，极少有人将草当燃料，多数干草都献给猪圈、鸡窝、牛栏来沤粪。草鞋是农户最廉价的装备。

1937年，日军大举进犯中华，侵我国土，掠我资源，食盐也被日军控制。国破山河碎，百姓如蝼蚁。没有食盐，人们食之无味，难以下咽。日久，手脚像灌了铅，走着走着，就晕倒了，倒在田边、地头、路边。那天，眼浮脚肿的祖母，在家掐菜，一阵眩晕，倒在地上。我父亲见状，吓坏了，这样要丧命的！没了爹，他不想再失去娘。已成年的他与同村白桥湾的小伙子谈会进商量,欲往横沟桥为自家与乡亲买点食盐救命。二人一拍即合,冒着生命危险,结伴前行。途中碰到国民党军队,盘问,父亲乃初生牛犊,直言不讳:"挑点食盐,救乡亲们。""他妈的,还想贩盐,捆起来,等会儿枪毙他们。"为首的一声怒骂,不由分说将父亲二人绑在路边的柏树上。过了很久,另有一支国民党军队路过,一位军官看到绑在树上的二人,上前询问,父亲如实回答。军官打量着衣衫褴褛的父亲,让士兵给二人松了绑。

那时横沟桥已修有铁路,货物多是通过铁路运输。因而,火车站旁边是物资聚散地,有银行、马行、电影院,也有洋火(火柴)、盐巴、煤油、洋布等"洋货"交易。二人步行一百多公里到了横沟桥镇,远远看见火车站门口荷枪实弹站着日本兵值岗。此地不可久留,二人各买了五十斤食盐,匆匆往回赶。过了咸宁城,途经桂花北墩处忽听枪声大作,炮声隆隆,二人暗自吃惊,跑到最近一户人家的后檐躲避。闻声,主人开了门,是位面目慈祥两鬓斑白的老妇人。老人见状,迅速将父亲二人与盐藏在猪圈的草堆里,说日本军队过来了,叮嘱他们不要出声。果不其然,随着一阵脚步声与呜哩哇啦声,一队人马来到跟前。

"有没有看到人进来?"一个尖长的声音。

"保长,我真没看见,不信你进来搜。"是老妇人在回复。

紧接着,军靴"咔嚓咔嚓"声由远而近。

"不好。"父亲的心提到了嗓子眼儿。猪圈与茅厕连在一起,又脏又臭,脚步声在近前停留数秒,随即转换了方向,踏进了木板楼。瓦罐瓷片破裂声,鸡飞狗叫声好一阵,渐渐平息。老人这才出来,两眼红红,让二人快走,说夜里赶路比较安全。二人千恩万谢,将草鞋脱下,系在腰间,挑着担子,往山上飞奔。他们白天躲到山里,天黑才出来赶路。饿了,啃几口干薯片;渴了,在山沟喝几口水。翻过界水岭山顶,经过三天的艰难跋涉,终于有惊无险到了家,食盐分到各家各户,乡亲们慢慢有了力气,能下地干活了。村里的老人,至今提起,仍感恩不已。

几年后,伯父和父亲先后成家。那时战争十分激烈,国民党军队大肆抓壮丁。抓壮丁的标准是家有男丁二抽一。为了躲避抓壮丁,村里人自发在村口的山顶望风,国军一来,就敲锣报讯。凡是家有两个兄弟以上的都赶紧逃命,钻山林躲地洞,人心惶惶。彼时,常年生病的小叔叔已夭折,为了避免被国军抓去,父亲想到了一个万全之策:过继给没有儿子的族人当继子。于是,父亲带着家眷投奔到无子嗣的同村同宗的文宣三房崇国公名下。

后来,崇国公又收养了一个继子,仅有的三间房子无法居住三户十多口人。1949年农历三月,经过深思熟虑,父亲带领全家去三里外白桥湾的祖母娘家借住。

全国解放后,举国欢庆。

新中国成立初始,百废待兴。连续多年的战争,村庄遭受多次洗劫,房子烧的烧,毁的毁,生灵涂炭,人人家里一穷二白,根本没有多余的房子,建房亦是天方夜谭。父亲在白桥湾先后两次找表兄弟借住,最后,实在无处落脚,他与胞妹于

> 文宣逸语

　　1951年申请建房，两家共建了六间土房子，从此，落地生根，彻底解决了居无定所的漂泊生涯。虽然还是穿草鞋，却有了自己温暖的小窝。

　　父亲勤耕苦做，心灵手巧。见一样会一样，杀猪、做菜、放竹排等，精通多项农技。记工分的年代，大集体集中出工，耕田种地、插秧割谷时，他遥遥领先，将他人落下一大截。农闲时，制竹碗、竹瓢、竹筷，编竹篮，织竹席，无师自通。甚至突发奇想，将竹片刨光磨滑，上烙各种图案，做成一副农人娱乐消遣的竹牌。是环境所逼还是天赋使然，我不得而知。父亲成了生产队的骨干劳动力，全队八十个劳动力每天能挣十分工的只有四个人，个头瘦小的父亲就是其中之一。后来，父亲被推选为生产队长。1957—1959年，父亲被调任畅周乡的一个大队任干部，这种异地提拔在当时极为少见，是对一个人人品与能力的认可。节衣缩食的母亲则将缝制衣裤时剩下的布片与破旧衣服实行再利用，纳鞋底、做鞋垫、做布鞋、缝书包、自制"百衲衣"，物尽其用，一丝也不舍得丢弃。

　　通山南林桥镇石门村建水库，能写会算、一身正气的父亲被调入水库工地食堂当事务长，这时的父亲，已有了第一双军用解放鞋——当兵复员的亲人所馈赠。父亲穿着崭新的解放鞋，就如当今青少年第一次穿上最新潮的运动鞋。走在马路上，腰杆挺得笔直，吸引许多艳美的目光。我们兄妹一人抱一只鞋子，看一看，摸一摸，橡胶的香味，棉布的香味，里里外外都是香的，很好闻。我那时已九岁了，正值好奇的年龄，平时总是捡姐姐们穿过的打着补丁的破衣裤、破布鞋，不曾有自己的新鞋子。我偷偷将光脚丫伸进父亲的鞋内，软乎乎的，白色的鞋衬即刻有了一团黑印，父亲见状，举着巴掌劈来，母亲将我拉到一旁，笑得前仰后合。拥有三双鞋子的父亲，看着鞋子，无异于国王巡视他的珍宝：上山干活穿草鞋，在家穿母亲做的方口黑布鞋，走亲访友穿草绿色的胶底解放鞋。

1974年，大队新建了茶厂，父亲被调任厂长，因经常外出推销，父亲花了十元钱，平生第一次买了一双火箭头的黑皮鞋。这双鞋，是一家人勒紧裤带撑起的脸面，亦是贫困山民仰望而难以抵达的一座高峰。

改革开放后，国民经济有了大幅度提升。六十多岁的父亲回村再次当选为队长，亦是远近闻名的"红人"：当屠夫给村里人免费杀年猪；遇上村民红白事时，那个掌勺的大厨必然是他。因他不收报酬，淳朴的村民过意不去，送给他一刀肉或一包烟酬谢。人与人之间，因来来回回的帮扶，感情升温，声誉也随之传开。他是闲不住的，常在小河的重要地段安竹笼，捕泥鳅、黄鳝、鱼虾，乐呵呵地分给左邻右舍。老人们提起我父亲成佳善，众口一词：那是个能力强、热心助人的好人啰！

1999年农历三月，79岁高龄的父亲已病入膏肓，临终前，一家人围在他的病床边，他让我把箱底的布包拿出来：一双草鞋，一双绣花鞋。

"绣花鞋是我母亲生前留下的，草鞋是两代人的艰苦见证，你们要奋发向上，做好人，做对社会有贡献的人。"父亲的语气断断续续。

"两代人的遗物传到我手上。都在这个包袱里。"良柏叔摸摸圆口布鞋，拍拍解放鞋，长吁了一口气。那是如释重负后的轻松与慰藉。

　　草鞋、三寸绣花鞋、圆头布鞋，是一个时代的终结。如今，它们在各地的博物馆内低吟浅唱。鞋的影像、图片、资料被封存于故纸堆或网络上，供无数后人翻阅、点击。解放鞋因是军用鞋，耐磨，至今在村民或进城务工者，以及特殊工种一族中，仍占有一定比重。历史的车轮滚滚向前，各个时期的鞋子见证了国与民一路前行的过程。

2020 年 6 月

红薯记

深秋的清晨，晨曦从远山的山岔投射到村头，金色的阳光在东边山头闪烁。沙砾满地的乡村土路，被早起的学子吵醒，他们背着两块碎布缝制的简易书包，撒腿快行，去一里外的学校早读。小路两侧的枯草或青黄的茎秆上覆盖着白霜，时不时会润湿他们的裤腿或布鞋底。谁会在意呢？这些鲜蹦乱跳的儿童或少年小跑一阵，小肚子已叽叽咕咕，他们从口袋或书包里掏出留有母亲体温的焖红薯，剥去红或黄色的薄皮，咬一口，白色或黄色薯肉和着唾液缓缓下咽。间或，噎住了，轻咳几声，咳出淀粉状的红薯末，小手轻捶胸口。再吞，喉头似堵塞了一团秤砣，渴望一口热水助力，看看你与他，都是两手空空。咽不下去时，食物反流，呕吐出来，眼泪也随之溢出。气恼，高高举起，欲扔进水沟，鬼使神差，却将半截红薯装进了口袋。

上午，捧着识字课本念"上中下，人口手，山石土田，木禾米竹"，肚子里却反复唱起了"空城计"。趁着下课，小跑到食堂，拿起葫芦瓢，在水泥筑成的水池里舀半瓢冷水，掏出口袋中已冷硬的红薯，啃一口，喝一口水，"咕噜"下咽，犒劳一下胃。胃里有了内容，上音乐课会扯起嗓子唱"学习雷锋好榜样""大海航行靠舵手"……

这是我记忆中二十世纪七十年代末期在家乡上学的一个场景。其中，若有一个穿着花棉袄，扎着"猫尾辫"，从口袋掏

文宣逸语

出红薯的就是我。

中午，急不可耐地跑回家，炉膛后灶的罗罐里，米饭的清香、红薯与铁器黏烤的浓香，从木盖子的缝隙中缓缓溢出。钩着的罗罐里是一大锅水煮白萝卜或酸菜，热气腾腾。

日头从天井正中直射下来，上学的、干活的陆陆续续进了门。

母亲将半碗蒜叶倒进锅里，从罐头瓶里舀出一调羹酱油，顿时，白萝卜与酸菜就有了色泽，香味漫了上来。

上桌时，人人先用竹筷从大罗罐里夹出红薯，一人一碗红薯，吃完了才能在小罗罐添一勺米饭。无论长幼，人人如此，约定俗成。就着萝卜或酸菜的汤汁，一家八口，吃得津津有味。

晚餐，一大罐焖红薯，或用薯渣磨粉，掺点面粉做成黑乎乎的薯渣粑或薯渣坨，一碗菜叶煮薯粉糊糊。

这是我自记事以来至十五岁的记忆。

红薯是困难时期山区人民的救命食物。充饥与果腹，是人们生存的基本要素。

黄皮黄肉的称"北京薯"，肉质软，甜，淀粉少，易入口；白皮白肉的是"广东薯"，微软，淀粉多；红皮白肉的是"懒子薯"，淀粉多，干，难以下咽，是提炼薯粉的最佳食材。

二十世纪六十年代到八十年代，鄂东南山区的秋、冬、春三季是以红薯为主粮，夏季则是用干薯丝、薯渣粑或薯渣坨充饥。一年四季，人们吃红薯，恨红薯，却离不开保命的红薯。一碗碗红薯咽进食道，混合着酸菜，充填着胃。你在田间地头干活时，正干得起劲，冷不防，从秧田里直起腰伸着脖子高声嗝气，停下锄头把头扭到一边吐出涌向喉头的酸水……成年人一个个体态轻盈，黄皮寡瘦。小孩子可不，红薯吃多了，虎头虎脑，圆墩墩的，两颊一边一团红，秋冬季节皮肤皲裂，被人唤作"薯粉钵"。他们的胃在生长期，尚无胃酸过多的腐蚀，精神头十足，上课带劲着呢，不提防间板凳上"噗"长长一声脆响，旁边的同学亦挪挪屁股，"噗""噗"，一声声闷响，仿佛那屁憋屈已久，候在魄门。教室里顿时弥漫着腐薯的臭味，有人用小手扇着鼻翼，有人指指点点股尾发声之人，两肩一耸一耸，低头窃笑、私语。讲台上的先生见了，青筋暴怒，羸瘦的手抓起竹鞭敲得山响："笑个屁！笑个屁！屁也值得笑吗？"更多的小脑袋埋下来，脸憋得通红。

  仲春时节，红薯经过洞窖一冬的贮存，糖分充足，口感甜腻，会被洗净，刨成丝，晒干，备作干粮。但随着气温的逐渐升高，洞窖中的红薯也会发芽、腐烂或变质，农人得赶在气温上升前，将薯种捡出，择时育苗。天气晴好时，将薯种育苗，家乡人叫"窨薯子"。育苗是有讲究的，选光滑饱满、身形扁长的薯种，将向阳、背风、肥沃的土壤作为苗床地，精细翻土，打一排地沟，取二三个薯并在一起，头朝上，埋薯种。"庄稼一枝花，全靠粪当家。"滴一层粪水，铺一层粪草（猪圈里沤久的稻草），浅浅覆盖一层土，再打一排地沟……这活儿要多人配合，一人做一样，各司其职。光照充足时，土壤不干不湿，一家人齐上阵，一鼓作气干完。在粪水与粪草的双重发酵下，催生的薯种开始发芽，半月后，淡淡的白芽"突突突"冲出地面，经雨露与阳光的光合作用，苗由白转黄、变青，复几日，便绿葱葱一片。

"窖薯子"是农人开春后的第一次播种。刚过完春节,一些家庭尚有年前备多了剩下的腊肉与干豆腐泡。为了庆祝一年的播种开个好彩头,会摆出这些待客的菜肴,在这天开荤。留在家里做饭的嫂嫂或姐姐早已将腊肉切片炼油,煮一锅萝卜丝与豆腐泡,撒一把干辣椒皮,腊肉的香便在房梁屋宇间萦绕。中午,在菜园帮忙埋薯种铺粪草的伢崽,将光脚丫从松软的土里抽出,拍拍手上的泥巴,抱起菜园边的棉袄,脚不沾地地跑回家。身后,父母与兄姐挑着空箢箕、空粪桶,"吱呀、吱呀",扁担、箢、桶与麻绳一路摇摇晃晃,唱着欢快的歌。

薯苗长齐后,过三五天,农人便浇粪水追农家肥,等待小麦收割后翻土扦插。如今的郊区菜农,极精明,薯出苗不到一尺,便将青幽幽的薯叶尖儿齐刷刷割下,小扎把,一把能卖个五元八元,端上餐桌与宴席,是人们偏好的菜蔬。地里的薯蔸与茎秆会继续生长,长出一茬又一茬的嫩芽,源源不断地供上人们的餐桌。间或,遇见菜农挑菜沿街叫卖,先生会一手撸两把,择叶,清洗,兴冲冲下厨,翻炒几下,添盘。那一盘绿,汁液都是青绿的,绿汪汪地躺在白瓷盘底,馋死个人。他亦舍不得,添一瓢米饭,拌搅几下,风卷残云,不留一颗饭粒。我不动箸,一个劲儿嚷:"在我老家,这红薯叶是喂猪的!"当然,我还想说,少年时我是亲手种过薯种的,冒出青芽后,为了让其快速生长,我与父亲一道在嫩芽上浇过粪水。这,能说吗?

农历四月中下旬,降雨量渐多,气温亦上升。小麦成熟了,

第二辑 文宣·事

"阿公阿婆,割麦插禾",布谷鸟一个劲儿地叨催着农人。稻秧在水田里稀稀拉拉,农人刚从泥水中抽身放下裤腿来不及喘口气,这边黄澄澄的麦穗已低头弯腰等待收割。麦熟一晌,虎口夺粮。麦秆一丛丛割倒,得一担担挑回家脱粒。红薯藤在菜园地里蓬勃生长,等待扦插,晚插一天要减产百分之二以上。农人心里明镜似的。收割小麦、翻地、打地垄都是最为消耗体力的活儿,接二连三,那一双双老手不分日夜也干不完了,一边要抢收,一边等下种,时间没把握好,就会损失惨重。小麦收割了要及时摊晒麦穗,麦子比稻谷娇贵,经不起猛烈捶打,得用连枷(脱粒用的农具)一下一下手工脱粒。晚一些,那麦穗就会受潮发霉烂黑。端午来临时,全靠那白面馍馍唱主角,一年四季,就巴望这白面改善肠胃堆积的酸腐,慰劳一下千疮百孔的胃。

  芒种时节,学校会及时放农忙假;上班的,心有灵犀般,一个个不约而同往家里奔。那年,上初中的三姐、上高中的二哥同时放了七天假,在粮管所工作的父亲也回家了。麦子割下地,地垄刚打好,就下了一场及时雨。一大早,父兄披蓑戴笠去割薯藤,母亲、姐姐与我蹲坐在堂前的矮凳上剪藤。长长的藤条剪成一段段,每二三节时在结节处利索下剪,累积成把,稻草捆扎,用柴夹(竹制工具)一担担地挑到地垄的湿土里扦插。插藤条的过程很简单,用拇指粗、上大下小的光滑木扦在湿漉漉的土地里插眼,埋藤,覆土,按紧。一眼一藤,一株一挪,躬腰前行。倘若是低洼的土地,打好的地沟会积水,土地如一团稀泥,脚一踩,泥水迸溅,脸上身上都是黄水浆。活儿干完，嘴唇、眉毛、头发都黄乎乎的，泥人一般。

雨还在下。屋檐的雨水一条线流下来，"叮咚叮咚"，在天井溅起一团团漂亮的水花。屋顶上空，电闪雷鸣。母亲剪着藤条，忽儿看看天井的雨，忽儿到大门口望一下，她念叨着邻村人冒雨劳作在雷电交加中殒命的惨，担心在旷野里插薯的亲人。时过中午，厅堂边剪好的藤条码了半人高，父亲与二哥才挑着空柴夹回。许是连日的劳作使父亲身体透支，脸色似陈年的腊肉皮。他解下厚厚的蓑衣，坐在椅子上靠着墙砖不发一言，一任湿漉漉的头发淌着水滴流过额头、眉边。吃饭时，母亲将水煮干萝卜丝放父亲面前，一盆干盐菜挨着她自己的饭碗。父亲扒拉几口红薯饭，将筷伸向盐菜，只听"啪"的一声，他将饭碗奋力砸向盐菜盆，菜汁、红薯、饭粒飞跳起来，溅了正对面的母亲一身。我们望着暴怒的父亲，不知所措。母亲亦不去收拾身上的污物，泪如天井的雨水滴落：青黄不接，一滴油都没了，米也见缸底了，家里只这两样菜，哪里能变鱼变肉？

有时，红薯还没插完，天放晴了。日一照，土壤表层的水分蒸发。这时需要挑水将土壤浇湿。"红薯没有巧，只要插秧早"，要想秧苗顺利成活，栽植越早，越有利于红薯的高产稳产。山区的土地多是在坡地开荒，挑水上山点种更是费时费力，苦不堪言。田家少闲月，五月人倍忙。等到红薯在适时的节气栽种完成，春耕已大功告成，农人悬着的心也便宽慰了。

薯藤栽插成活后，马唐、马齿苋、牛筋草、刺儿菜、鬼针草、鸡公菜等杂草会拱出地面，实行从地下到地上的侵略，与薯抢夺地盘，霸占着土壤的水分与养分，抑制薯藤的生长。"人勤地生宝，人懒地生草"，锄草，已是必然。仲夏，日头还在山顶上晃悠，农人已踏着露水在地头锄草一个多时辰了。锄头浅入土，轻轻一耙，杂草在锋利的锄刃下丢盔弃甲，伏地称臣。杂草不都是无用的，马齿苋贴地生长，连根拔起、洗净，可当下饭菜，还是清热解毒、凉血止痢的药材；刺儿菜、鸡公菜，叶肥茎秆粗，是喂猪的上等猪草。一块地的草锄完了，农人的背箩也满当当挤压着人或畜可食用之物，可谓是一举三得。荷锄而归，亦是满心喜悦。

翻薯藤是累活。

红薯属长蔓型作物，肥水条件适宜时，藤蔓可长到二三米。一时间，满地绿油油，青葱葱似绿云压地。结节挨着地面时，贴地生根，一条根长一条小红薯。节根多了，主根的红薯会缺少养分，影响产量。这时，农人需下狠手，翻薯藤，断其杂根，使其养分专供主根的红薯。

烈日当空，弯腰弓背蹲在地里，将每株中的三五根藤条一一扯起，理顺，翻个面儿，齐刷刷往一个方向翻。按地垄一排排翻覆，翻一株，挪一步。此时，已是暑期。毒花花的太阳炙烤着大地，地面热烘烘的，头顶的草帽，似冒着腾腾热气的蒸笼，左右晃动，亦无处躲避日照的光芒。背部长时间暴露在烈日下，如背着烧红的铁锅，怎么甩也甩不掉。一时间，汗水肆流，口干舌燥。

翻薯藤，是很难熬的过程，因藤条密集，全靠手工，效率极低。常常，天蒙蒙亮我们就被母亲唤起，吃点早饭，弟弟去砍柴，我背一竹筒水走到二里外我家的自留地翻薯藤。地是两

> 文宣逸语

山之间水库下少有的平洼地块,村里几乎家家在此处都分有土地。生产队分给我家五块地,一块地能挖五六担红薯。地块大了,人蹲着,仿如茫茫大海中一叶小舟。翻着翻着,会直起身看看还有多少。一会儿幻想自己若是孙悟空,拔根汗毛,叫声"变",不费吹灰之力,把那一垄地挨个儿翻个面,就可早点收工回家;一会儿幻想着要是有七个小矮人帮帮我,那该多好;一会儿祈祷各路土地神、逝去的祖先助力,赐予我三头六臂……四野空茫,陪伴我的除了树上声嘶力竭的蝉鸣,远处地块亦有如我一般在茫茫绿浪中低头牵扯藤叶的身影。偶尔也有人路过,认识的,大声打个招呼,那一声乡音,真真切切,打破旷野的宁静与独孤,少年的我,不再感觉是被遗忘的角落。实在累了,会寻个树荫歇一会儿,喝几口水。

中午,母亲送了米粥到地头(上中学时,我兄、姐已成家),她去翻藤。我则寻一棵山茶树,在庞大的树冠荫蔽下吃饭。黄色的小蚂蚁在脚背上爬来爬去,痒酥酥的。间或,滴落一团饭粒,蚁便停下,那厮估计是观察兵,围着饭粒转圈,嗅了嗅,确定是食物,急不可耐触触另一只小蚂蚁,一会儿,观察兵小分队领着接连不断的蚂蚁,浩浩荡荡来到我脚边,前拉后顶,好一阵忙活。有的小蚁误打误撞,钻进我的裤管,顺着小腿往上爬,找不到出路时,叮上一口,这时,我也吃完了,站起身,抖抖裤管。下午,母亲得去干我干不了的农活,我继续闷头翻藤。

那一大片土地,几乎每年是放暑假后与我年龄相仿的孩子在忙活。翻薯藤并非技术活,只需足够的耐力。那时,无论多么艰难，我从来不曾抱怨过，仿佛本就该做的。许是少年时的磨砺，让我的性格有了韧性，做一件事，有始有终。如今想来，能有今日，得感谢那片土地种下的因！

挖红薯是重活。

寒露，是一年二十四节气中的第十七个节气。山区，已从凉爽渐转向寒冷。红薯经过五个多月的孕育，茎叶已不再生长，靠近根系处，叶子渐渐枯黄。弯腰一扒拉，薯蔸处土壤隆起、爆裂，那是硕果的杰作。春华秋实，红薯成熟了！

薯藤富含多种养分，是绝佳的喂猪食材。天晴时，割薯藤，扎把，挑回家，剁成半米长的一段段，一部分晒干，备成猪的干粮，另一部分的去处是在空房子一角，用砖头围成小池，将剁碎的薯藤倾其上，倒一层，撒一层食盐，用塑料膜覆其上，压上石块，不几日，藤叶由青转黄。日久，藤叶发酵变成黑色酱糕般。每日掭几瓢，掺红薯、糠粉、淘米水，喂猪。潲桶才提到猪圈门前，大猪小猪便急不可耐地前腿爬上猪栏，尖声叫唤。我拿了竹枝将猪赶开，人小桶大，费力将猪食越过栏杆，倒进猪食槽，猪们便围了上来，低头，"嗒嗒嗒"，吃得山响，猪拱嘴两侧不间断地喷出汁水。我伸出小手，抓挠其背，扯其刚硬的猪鬃，猪亦任由摆布，甩着尾巴，不躲不闪。那情景，看着看着，人便滋生了成就感，杀猪卖肉或年底杀年猪，夹起猪肉，便感觉格外香。上五年级时，端午前，母亲卖了一头猪，专程买回一段"冰丝绸"花布，请人给我做件上衣。母亲说，是我一放学提着菜篮打猪草、剁薯藤、煮猪食、喂食，猪才养得膘肥体壮，卖了二百多块的好价钱。那件夏衣，浅黄底蓝碎

> 文
> 言
> 逸
> 语

花,穿上身,凉滑滑的,走一步,后摆荡一下,很是拉风。上了初中,个子长高,穿不下了,还舍不得丢。

每年的九月和十月,是秋收的农忙时节,一年的双抢,重头在压轴秋收。稻谷收割了,挖红薯的大军登场。挖红薯的场景是极其热闹的:割薯藤、挖薯、去根、分拣、装筐、送薯、入薯窖贮存。一时间,全家倾巢而出。人口多,每个环节有专人的,一天挖个五六担,不在话下;人口少,没有帮手的,一人一天挖二三担红薯,已力不从心。随着角锄一次次地有力抡起,经厚土滋养日久早已探头探脑的薯族终于破土而出。有的一株藤只一颗薯,堪比海碗的巨无霸薯老大;有的一株二三颗,拳头大,似孪生兄弟;有的一株七八颗,大小不一,似年龄差别大的兄弟姐妹;还有的一株十多颗,牵藤连根,像一串鸭蛋。植物的结果与人类孕育子女有着异曲同工之处。

小路、田塍,常有青壮汉子挑着满筐红皮或黄皮薯,精神抖擞。扁担两头压得弯弯的,裤子卷至小腿,小腿的"老鼠肚"处,两大坨隆起的肌肉蛋一步一晃,格外显眼。中午或傍晚,各路挖薯队伍收工回营。挑红薯,挑捆成小山样薯藤走在前头的是家中的男女主劳力;少年挑箢篼、扛背篓,里面装着的是挖破的或品相差的薯;扛锄头、持镰刀、提水壶,在后面紧赶慢赶气喘吁吁的定是跟屁虫学童。他们从三垄四岔的小路汇聚到通村的大路,彼此打量着各自的收成。成年人的两只手将担子在满是老茧的肩头移过来挪过去,却不忘高声打招呼,相互开玩笑,逗乐。你取笑我的红薯像老鼠崽,我笑你的"部队"像鬼子进村,其间,掺杂妇女的笑骂,稚童口齿不清的申辩与回应。一时间，乡间的路，溢满欢笑声。那是收成后的幸福，艰辛劳作后的慰藉，农人自我解压后的轻松。

在霜降前将红薯收起，小麦下种，四季轮回，农人像一只在田间地头转圈的陀螺，不知疲倦。雪雨交加的日子，他们回望风和日丽；生活困顿之时，他们相信山河无恙。

红薯半年粮。在粮食产量极低的年代，红薯有效地弥补了稻麦等主粮的不足，甚至成了山区某一时期的主粮。

红薯生可吃，熟可食。做法亦多种多样：直接用炉火烤的是烤薯；不削皮放少量水煮熟的谓焖薯；削皮剁细加水煮薯汤，加大米可煮成红薯饭、红薯粥；刨成丝，晒干称甜薯丝。薯的嫩茎叶可做盘中菜，藤条与根可成猪、牛、羊的口粮。茎、叶、根、果，无一处浪费，红薯全身是宝。

能让山村孩子刻进记忆的是打薯粉。在二十世纪七十年代农村尚未实行机械化以前，乡村没有粉碎机，农人依靠薯粉钵完成手工碎薯的过程。薯粉钵上大下小，呈圆柱体，圆面直径约八十厘米，底约五十厘米，状如脚盆。由一块完整的花岗石打凿而成。高约四十厘米，内壁凿成不规则的深槽。冬夜，一盏煤油灯，一担洗净的红薯。母亲坐在矮木椅上，左手按石钵，右手持红薯，在纵横交错的石槽中来回用力磨薯。一边坚硬锐利，一边强力压按，红薯在高强度的两面夹击中，一下一下，磨成浆渣。磨薯粉来不得半点马虎，得手眼并用，聚精会神，一薯磨得所剩不多时，需适时松开五指，由掌心压着磨，稍不注意，会将手指或手掌磨去皮肉，鲜血直流。母亲白日劳作，晚上得强打十二分精神，磨着磨着，头渐次低下了，手还在惯

文宣逸语

性磨着呢,在一旁递红薯的我们,连忙喊一声,受此惊吓,她回过神。有时,让哥哥姐姐们替换磨一下。静夜里,"哧哧哧",在红薯与石槽的对接声中,我们渐渐睡去。晨起,一颗颗新鲜的红薯成了黄白色的浆渣,在大木桶里失去了生命的原色。

包浆、滤渣、沉淀、漂水、起桶、晾晒、碾成齑粉。精细、白如面粉的薯粉,便是各种风味美食的食材。

薯粉加鸡蛋或芝麻,放冷水,在热锅中搅和,可做成香喷喷的薯粉肉、薯粉皮、薯粉饼;掺进煮熟的红薯或芋头,捏成薄皮,舀一勺煮熟的腊肉、豆腐角、竹笋、花生、粉丝等乡土特色的馅,封口,捏成圆形或鸭蛋形,便是久负盛名的通山包坨。大年夜,一碗圆圆的包坨,便是游子回想一生的乡愁。薯粉还可制条,晾干成薯粉线,柔韧、爽口、晶莹剔透,具有久煮不断等特点,是火锅、凉拌、炒粉、汤菜、红烧等菜肴绝佳的原料。在粮食困难时期,薯渣进行深加工,用石磨磨成粉,掺面粉或熟红薯揉,做成薯渣粑,黑乎乎的,亦是果腹的食材……

红薯有多种称谓,每个地方的称谓各不相同,有番薯、地瓜、山芋、红芋、甘薯、番芋、线苕、白薯、金薯、甜薯等十几种叫法。分白心薯、紫心薯、黄心薯、红心薯等多个品种。鄂东南地区,先前称作红薯,随着四川、贵州、陕西南部一带"红苕"叫法的介入,逐渐衍生成一种文化。比如武汉方言骂人的有苕货、苕粑、苕猪、苕吃憨胀、苕脱了节、苕头日脑、苕得不汀进等,是指人蠢笨;夫妻、恋人、闺蜜之间,平心静气之时,说声"你个苕",那是爱怜与娇嗔之意;曾经,为了孩子易养活，不少人会给孩子取"苕宝""苕货""苕崽"等贱名，如同北方人将"狗剩""狗蛋"等作子女乳名。

追根溯源，红薯并非中华大地的产物，乃引进物种。流传最广的说法是从吕宋（今菲律宾）传入福建。明代万历年间，福建长乐人陈振龙与其子陈经纶学习红薯栽种技术并携带薯藤回国。红薯引进后，经福建巡抚金学曾等人的倡导推广，经十多年的努力，在福建和广东部分地区的栽培已相当普遍，并在救荒中发挥了一定作用，再后来逐渐向北、向西推进，大约在清代乾隆年间，传至鄂东南地区。郭沫若在《满江红》词中的"挟入藤篮试密航，归来闽海勤耕植"说的就是番薯引进的过程。时至今日，这种舶来品在中国遍地开花，成为大众熟知并食用的物种，惠及亿万民众。人们铭记身在异国、心系家乡的先驱——陈振龙、陈经纶父子，更为其后人不遗余力推广这一物种所付出的艰辛而感动。从个体的力量延伸到一个宗族后世子孙的力量，为民造福，这是仁德与信仰的传承，足以让每一个国人膜拜与效仿。

红薯富含蛋白质、淀粉、果胶、纤维素、氨基酸、维生素及多种矿物质，明代李时珍《本草纲目》记有甘薯"补虚乏，益气力，健脾胃，强肾阴"。幼年的我们，在缺食少穿的年代，哪能知晓有这等益处，只道是填肚子充饥罢了。而过多地食用红薯，导致胃酸分泌过多，刺激损伤胃。兄妹七人，人人得了不同程度的胃病。父亲从中年到老年，不间断地服用胃药，母亲常年打着嗝儿。

后来，我离开家乡，很长一段时间，见不到红薯，亦不愿吃红薯。逢年过节回家乡，母亲煮满罐的白米饭，不带一丁点儿薯片。倒是谙知我们偏好薯粉类，炒薯粉肉、包薯粉坨、粉条炖腊猪脚、粉条炖腊肉米豆，将早年待客的各种薯类食材，一日一个花样，让我吃遍。每每此时，味蕾细胞便彻底激活，大快朵颐。肚胀腹圆之时，还不忘咽下最后一口汤……临走，大包小包，装上红薯粉与薯粉制品，母亲肩挑背扛，送我到五里外的车站搭车。

  2004年，七十四岁的母亲一开春就下薯种"窖薯子"。三月，她来咸宁看我。她挑着一担子农产品到咸宁时，已是中午。在雨雾中走进我的店堂，已淋得透湿，乍一看，我以为是拾荒的老太婆进店躲雨。打开蛇皮袋，腊肉、薯粉、薯线条、干薯丝、油炸豆腐泡，各种干菜，半袋黄皮红肉的甜心薯，林林总总。母亲不识字，不会说普通话，一人转四趟车是如何找到我家的？望着瘦小的母亲，我突然感觉我从来都不曾读懂过她。她还在种红薯！除了大哥，我们都已离开了家乡，春秋两季农忙时节，也不再回家帮忙。而七十四岁的母亲与七十七岁的父亲，依然在土地里劳作，年老体衰的他们是如何种植稻谷、小麦，一锄一锄刨出红薯？我不敢想象！

  七月，母亲病倒了。在咸宁医院，医生拿着母亲的片子：两肾已布满结石，肾衰竭。除了换肾，回天乏术。母亲说，从三十多岁起两腰子就经常痛，肾结石已折磨她四十多年了。

  十月，抢收红薯的季节已近尾声，母亲挣扎着起身，望着父亲：红薯还能挖不？父亲捂着母亲被病魔剔去脂肪的手，老泪纵横："什么都不要了，你要好好的！"

这一季的红薯，终将没有收起。十月初十，母亲走了！

从此，根植于我心中的红薯，轰然倒塌。

如今，红薯被人誉为"长寿食品"。专家称其有抗癌、减肥、保护心脏和预防糖尿病、肺气肿等功效。中医亦视红薯为良药。超市商场，明亮的灯光下，各类红薯制品、加工品、保健食品、零食，五花八门，被光鲜亮丽的人们放进购物车。红薯以强劲的生命力遍布农村与城市，以天然绿色食品进入大众的视野。

2019 年，我回家乡时，沿村走访，不断看见路边有圆圆的大木桶，宗族的老奶奶、叔伯婶娘或不相识的年轻妇人在桶上方架起三角叉，将机器打碎的红薯浆一瓢一瓢，倒进挂钩的细纱布滤浆，红薯的清香扑面而来。

纯手工制作的薯粉还在延续，民间精魂尚在！

举起相机对焦的那一刻，一个稚童飞奔上前，扑向他母亲，猛然看见我，停下脚步，抓住他妈妈的裤腿，躲到桶边。我按下快门，圆嘟嘟的脸上，两只黑溜溜的眼，怯怯地望着镜头。他的身后，是一排装有薯浆的杉木大桶，再后，是我幼年上学的、通向村外的路。

2020 年 3 月 16 日凌晨 4 时

文宣逸语

飞舞的手袱

1

上坳铺是个藏龙卧虎之地，一条大手袱曾经搅起一段风云岁月。

我这里说的大手袱，是父辈人以前常用的布汗巾。是旧时男人捆在腰间的布带，一尺或一尺二寸宽，长度与人的身高差不多，亦有两米的，能在腰间绕两道。汗巾布是做工粗糙的白色棉布，多是自产自用的手工机织布，家乡人称之"老土布"，后来又名"白洋布"。

幼年时，我见过邻居寡居的大伯娘染过布。大伯娘早年丧夫，一个人养活三儿二女，家境十分贫寒。在二十世纪八十年代初期我父母给我们买布请裁缝师傅缝制衣服的时候，她还在自己纺织、自己染布，供一家人穿衣着裳。染布的工艺并不烦琐，她将织出来的白布用针挑去棉疙瘩与黑疵点，加水，加颜料，再滴几滴固色剂，放在大锅里，点燃干柴慢慢煮，白布染透成所需的颜色，捞起来用竹篙晾干，清水漂，再晒干。颜料常为蓝色、黑色或灰色，染好后剪一块长条下来系在腰间，成了男人多功能的用具。男人挑担子全靠腰使劲。大约腰间勒了两道布带，可以聚气与藏气，锁住丹田之气不外漏，还可以起到护腰的作用，挑起担子就轻松；出汗时可以扯开一头用于擦汗；在偏远之地干活或歇气时，展开布带，将红薯、干粮、水壶等铺在其上，大手袱可当临时餐桌。

腰间系布带的多是已成年的男性。

上坳铺泽民的大公（祖父的哥哥）成性善，是村里的能人，一条大手袱舞得风生水起，救了自己，也让地主土豪再也不敢拖欠做工者的工钱。至今，村里的老人说起，依然津津乐道。

十九世纪后期出生的文宣人，多是贫苦家庭。为了自保，村里的男孩子几乎人人习武。再不济的豆芽菜类型，也会空翻、单腿空中踢几片破瓦之类的花拳绣腿。

性善家穷，书读得不多，练武倒是很勤心。在屋后的院子里，钉上高高矮矮的树桩，他每天天蒙蒙亮就起床，在树桩上站桩。他站的是梅花桩。能在一尺多高的木头桩上纹丝不动，也能在几个木头桩上走来走去，如履平地。打沙包，挥软鞭，耍刀棍，一年四季乐此不疲。

性善出生于清朝晚期的 1875 年，正是武举兴盛时期，封建统治阶级多年来实行文治武功的思想依然左右着人们的价值观。"武可拜将"的诱惑，加上清朝是游牧民族在马背上打下的江山，崇尚武功的观念根深蒂固，因而，民间习武之风亦是风靡。文宣成姓是个大族，曾经出过两位武举人。村庄的男性普遍习武是因为练武的门槛低，几根棍棒、几块石头、一张弯弓，都是乡村手到擒来之物，武师是族中高手，早晚与空闲花时间教习，无须耗资投入。习武能强身健体，就算考不了武状元，有个好体格，干活力气大，不至于饿死人。遇上社会动荡，亦能自保。相比科举考试中以文夺冠的层层苛刻选拔，习武与参加武举,在民间更为实用。因而,民间习武者争相参与武举考试。

性善十六岁时已是膀大腰圆,膂力过人。他第一次去参加武举考试。武科与文科一样,分为童试、乡试、会试和殿试四级,三年考一次。性善考了三次,每次武考"拉弓""舞刀""掇石"三项顺利通过,到默写兵法武经时,总是卡了壳。他只读了三年书,那些《孙子》等深奥的兵法武经,他望而生畏。兵书在旧时普通家庭极为少见,在温饱尚无法解决的困顿中,背诵默写兵书,堪比登天。

性善一生最为荣耀的是,两次给人代考,都考中了。被代考者为豪门子弟,他们养尊处优,不肯吃苦练功,只想坐享其成,以重金贿赂考官请人代考,以期瞒天过海。光绪二十七年(1901),二十六岁的性善再也不指望通过武考踏入仕途,因一纸诏书,毁了他的"状元梦"——朝廷以武科"所习硬弓、刀、石及马、步射,皆与兵事无涉,施之今日,亦无所用"为由,下诏"永远停止"。武举考试经历唐、宋、金、明、清数朝,至此寿终正寝。性善也成了一个彻头彻尾的农民。

2

上坳铺屋门口小河里有两块圆形大青石,中间有孔。老人说,此石以前为性善练功的工具,他每天多次举起,手臂的肌肉一坨一坨的。他去世后,家里人见该石没什么作用还占位置,便由几个人抬着丢到水边,当捶衣板用。几十年来,青石板被磨洗得滑溜溜,山洪暴发都不曾冲走半步。

性善习武不同常人。他力气大。书上说他练功时一手举一百六十斤的"流星砣"（两头是凿成圆形的石头砣，中间以一根铁棒穿起），能在头顶上，用两手替换"打扬叉"（方言，意为转动打圆圈），打二十几个圈不停歇。他高大壮实，长年穿一身黑衣黑裤，腰中四季系大手袱，炎炎夏日，汗流浃背，可袒胸露怀，绝不解下大手袱。

那一年，他的两个弟弟一大早到下河山的半山坡扯豌豆，兄弟二人快天黑了还没回，他拿着枪担赶了去，见二人正在吭哧吭哧地捆豌豆藤。他三下两下就将两个人挑的两担豌豆藤捆到一起，紧了紧腰带，一个人挑回家。进门时，藤捆太大，进不去，只得放在大门口的屋檐下。夜间，下雨了，他让弟弟收进门，二人抬一捆都抬不动。后来，一家人将那一担豌豆藤铺开，晒了一禾场，去藤去壳后晒干，豌豆装满一担箩筐，他母亲借来一杆大秤，一称，二百四十斤。村里人估算，那一担青藤，可能有六百多斤。

泽民说："我大公的枪担我小时候见过，枪担有一丈长，两头上扬，包着一尺长的尖长铁角，中间是扁圆光滑的硬木，上了桐油，乌漆黑亮，造型像倒着的弓。平时竖靠在大门边的墙上，有一回，倒在地上，我去搬，使尽吃奶的力气，硬是没搬动。"

那时候，农村的农具都很落后，山区更是没有先进的收割器械。秋天收割稻谷全程都是手工操作，工具是镰刀、禾篓、挞栅、方斗。割谷的将稻谷割倒，一摞摞放好，再由挞谷的双手拿起在挞栅奋力挞，将稻子脱粒，稻粒流进方斗。一天下午，性善与佃农在收割稻谷，眼看黑云压顶，要下大雨。方斗中有

文宣逸语

半斗已脱粒的稻谷,几个帮工的赶紧拿了簸箩装谷,性善走上前,大手一挥,说:"不用忙活,我掮回去。"他躬身下蹲,让人将禾簸、挞栅一并放入方斗内,再将方斗放上他的肩头,他一手越过头顶稳住斗檐,一手平肩托举,一口气掮回祠堂,没洒落一粒谷。半方斗湿漉漉的稻谷,加上一丈见方的木质湿方斗,以及竹制的禾簸、挞栅,起码也得七八百斤。他这一举动,很多人亲眼所见,于是他的名声传遍十里八乡,人人都知道上坳铺有个练武的大力士。

把大手袱当枪使的事,说来话长。

那时,整个文宣有两家地主,所有的田地都掌控在地主手上。要想有口饭吃,要么给地主当长工,要么租种地主的土地,按契约给地主缴纳一定数量的粮食,留点余粮一家人度日。还有一种是依靠出卖劳动力给地主打月工、打零工。家中清贫无土地亦无生产工具的年轻汉子,大多数给地主打短工赚点口粮、补贴家用。文宣地处偏僻山区,山多田少,两家地主不需要太多劳动力,其余的壮汉就得外出讨生活。江西地广人稀,土地肥沃,与鄂东南交界处的龙港、燕厦一带的农人大多是去江西"卖功夫"(方言,意为做工)。

性善与同乡一开年就在江西一徐姓富人家做工。主家极其刻薄,天不亮就吆喝起床,垦地开荒,犁田耙田,让人不得一丝空闲。中午用水桶送稀饭,不用看,人人都知道是"一碗盐菜堆坤尖,稀饭碗里能划船"。从早上出门,一直干到天黑才让他们回家。性善平时如敞开肚子,一餐能吃三升米的饭,这清清汤汤能照见人影的稀饭,不见一点油星的干盐菜,几泡尿一放，肚子就叽叽咕咕叫。时日久了，人面黄肌瘦，有苦难言。

那天下雨，无法到山间地头干活。按照合约，本该休息。可主家见性善体形高大，不让他闲着，领他到磨坊，让其替代驴子拉磨，不磨米粉就不给工钱。这不是把我当畜生看吗？性善一听，肺都气炸了，但想起文宣一干人等，是他带出来做工的，人在屋檐下不得不低头，要是与主家翻脸，主家会趁机克扣其他人的工钱。湖广每年有大量劳动力在江西务工，地主会用惯用的伎俩进行剥削，找出各种理由克扣工资。每年年底，要么少给，要么只给一部分再打个欠条，很少有人能拿回应得的报酬。多数人忍气吞声，骂几句"黑良心"就气鼓鼓地返乡。也有一些血气方刚的上门讨要，心狠的主家会放恶狗出来咬人，或让家丁拿棍子一阵乱打，来人没讨到工钱，还落一身羞辱，余款也就不了了之，从此种上仇恨的种子。性善不想公然对抗主家，心生一计，将磨盘反转，没拉几下，就把磨盘拉到了地上，再拉，磨盘又掉地。主家觉得："这家伙是个实心秤砣，缺心眼儿。"放过了他。

六月，骄阳如火，在太阳底下连续干六七个小时活的一干人口渴难耐，回来找水喝。一进门，性善看见厅堂有一大壶凉茶，不管三七二十一，提起来，伸长脖子，咕咚咕咚一阵猛灌。男主人闻声从后厅走出来，一声断喝："这茶，是给你喝的？"说罢，挥拳就打。性善一激灵，躲过。主人又恼又羞，他是武宁有名的武师，想不到眼前的小子能躲过他的拳头，他大喝一声，一腿扫去。这时，他的四个儿子闻声拿了刀棍冲到跟前，性善急中生智，快速扯下腰中的大手袱，运足力气，飞身一扬，随着啪啪啪啪一阵声响,四个壮汉应声倒地。性善抢步上前,一把抓住其中最彪悍的一个,说:"你们平日作威作福,欺踩百姓,我就不说了,今日撞在我手上,我也不想打死你们,只要你答应一件事,把我们的工钱给我,以后不得为难其他'卖功夫'的人,不得拖欠他们的工钱。要是再拖欠工钱,只要我晓得讯息,我一定会一只手挟你,一只手挟你家黄牛,拖到河里溺死。"男主人的脸上一阵红一阵白,令人端上银钱,一一发放。性善这才放了他儿子,一干人扬长而去。

2019 年 12 月 3 日

古柏之殇

年初，回故乡，拜年。

汽车从 106 国道通山寨头站减速，驶向通往文宣的乡村公路。正担心那坑洼不平的道路上泥泞满地，抬眼，却见道路已拓宽，能两辆车并排行驶，不用提前在弯道处让车。车行其上，一路坦途，无比惬意。水田里，稻茬横竖成行，白色的番鸭在低头觅食，麻灰的鸭子扇起双翅从一个小水凼飞赴另一个小水凼，嘎嘎叫唤，声音劲爽高亢。

田野的风带着泥土的气息，亦是温煦的，我鼻翼扩张：久违的故乡气息。

大哥在祖屋宅基上新建的楼房贴着红对联，门前一地的红爆竹灰。暖阳中，小辈递烟送茶，笑语盈盈。在相互关切中，打开了往昔的记忆。

我将喧闹抛于脑后，照例去看了父母生前的菜园。

白菜、芥菜、萝卜菜，青幽幽地装点着寂寥的山洼。那个弯着腰掐菜薹的苍老背影是母亲吧？那个荷锄而归的老人莫非是老父亲？眨眨眼，眼前依然只是一片青葱。视线却望向山的那一边，我的至亲在山那头已安睡了多年。不知闹哄哄的喜庆鞭炮声与我深沉的脚步是否惊醒了慈爱的双亲？腊肉香，糍粑甜，包坨圆，团团圆圆。游子归矣，亲在何方？

回头，猛然发现老屋门前禾场边的大柏树没了青绿！

这棵古柏高八丈，树围两米有余，冠盖面积能达到二十平方米，是文宣村最为高大粗壮的护村树。家谱记载，乃我高祖父成德霖公亲手所植。树上钉有铝牌："国家三级古树，树龄150年，通山县人民政府二〇〇七年四月。"细看，树身密布小孔，是可恶的虫子噬害了这棵树，还是久旱干涸使他的根系枯竭？不，幼年时我看到的这棵高耸云天的大树就爬满了虫蚁，一百多年来，无数次大旱之年他都毫发无损，风吹不倒，雪压不垮，一年又一年，茂盛的枝条不断往四周拓展，凌霜傲雪，直指苍穹。

这是棵神树嘞！

那年，同住一栋老屋的宝善叔公见树枝粗壮、枝丫下垂，来往行人若是扛树枝或挑长柴必被枝丫挂住，出行甚是不便。一个午后，他将柴刀插向腰背的刀篓，"噗噗"往两个掌心吐点口水，三下两下爬上了树杈，挥刀往枝条砍去，手起刀落，"哐当"一声，刀掉在地上。宝善叔公溜下树拾起，继续砍，刀子尚未挨着树枝，头朝下脚朝上，一头栽了下来，跌个鼻青脸肿。众人大惊询问，一生砍的柴能用火车皮装的他一脸蒙，结结巴巴地说："有人按着我的后脑壳将我往下推。"

之后，任由树枝干枯，自然掉落，再也没有人敢上树砍枝了。

幼年时，我们女孩子在树荫下跳绳、打石子、跳房子；男孩子在树下玩扑克、两膝对拱或爬树掏鸟蛋；逢年过节时，各家各户将稀缺物端到树下，祭天祭地请祖先；老人们在柏树下抽着自制的卷烟，谈古论今，唾沫飞溅。人与树，和谐相融。

古树守着老屋。

老屋为砖木结构,一连五间,一进两重,中间是三个天井,两侧为厢楼,左右各建有披厦,乃我曾祖父兄弟所建。曾祖父弟兄识文断字,送子求学,是以,我祖父这一代都是读书人。二十世纪二十年代,军阀混战,各自为政,民不聊生。我祖父与他的兄弟、堂兄弟穿着长衫从老屋走出,告别高堂与柏树,踏上了救国的道路,此后,皆先后壮烈牺牲,留下"一门八烈士"的英名。其中一个南征北战多年,与老家失联,写信回乡时特地注明:我家门前有棵大柏树。

老柏树目送他们远行,一定也为他们血战疆场默然垂泪。

"门前古柏绿荫浓,叶茂枝繁耸太空。冰雪千层生傲骨,狂风猛袭仍从容。"堂伯成华之面对虬龙般的古树,吟出了我们的心声。

随着我父母相继仙逝,此后,老屋无人看管,日渐坍塌。当最后一根大梁从高耸的房檐坠入泥土的暴雨之夜,百里之外的我在梦中仿佛听到了老柏树的怒吼,第二天一大早打电话给老家的大哥,他说:"你是心灵感应,老屋垮了!"

古树见证了植树者从一个人变成七代人的全过程,他还可以见证子孙无限的延续,他欣慰于一个家族的昌荣。

然而,他干枯了!

他不是老而枯的。

2018 年,古树旁全村人赖以生存的山泉井被改建成深井,大理石辅以水泥与沙石,牢牢地铸筑在四周。曾经一脉清泉川流不息,如今再也不能绕着山边叮当外流,老柏树的根系无法汲取地下泉的养分。雪上加霜的是，邻家建房时，图省事，将山边挖掘的土填在柏树四周，造成土层上升，将树身埋了一丈多高，水量赶不上消耗量，长时间缺水，郁郁而枯。

家乡人说这柏树枯了三年，却屹立不倒。我抚摸他干裂的树身，黝黑粗糙的树皮一道道如山涧丘壑，那是岁月的年轮，镶嵌着一个村庄一个家族的记忆。如今，父母没了，老屋夷为平地后重建，已不复昔日的影子，每年春节，能让我回故乡的唯一纪念就是这棵柏树。

如祖如父的柏树啊，愿您如大漠中的胡杨，千年不倒，兀自伫立，兀自铮铮，兀自不朽。如此，有生之年，我还能在岁末年关时，奔向您，奔向故乡的怀抱。

2021 年 2 月 19 日

第二辑　文宣·事

岁月里飞翔的文宣

在幕阜山余脉九宫山镇的东南部，有一个美丽的村塆——文宣村。村前，一脉清流，淙淙流水，经年不息；村后，青山环绕，竹木葱茏，四季常青。群山怀抱中，一栋高大的古建筑在畈下格外引人注目，青砖、布瓦、马头墙，门楼高耸，飞檐翘角，显山露水地彰显着一个宗族昔日的昌荣。

一栋古屋颂昌荣

古屋位于文宣村中部的下宣屋，始建于清道光十六年（1836），为下宣屋成氏祖炀公（字介烈）历时七年分三次建成。占地面积一千平方米，坐北朝南，全屋为四水归堂的格局，整体建筑为砖、石、木、瓦共建的中轴线对称结构。具有明清时期江南文化的建筑特色，融观赏性与艺术性一体。历经一百八十六年的光阴侵蚀及战火洗礼，至今，门厅屋宇，保存完好。

古屋一进三重，内有天井六个，大小房屋二十余间。外墙青砖至顶，黑压压的瓦片如一顶黑色斗篷盖住了整栋屋宇。屋顶上凌空飞出六只高耸的檐角，分层次上扬，最顶端为尖长的龙头。苍穹之下，龙头昂首啸天，傲然挺立。每个龙头下，有几行字，或叙事或诗词，拉近长焦镜头放大数倍，但见一完整诗作，白底黑字："王母居心亦大奇，承先启后拓鸿基。堂成路

文言逸语

口贻谋远,才到如今慰所思。"字体端庄,笔走游龙。

屋檐下,是清一色的黑白雕花,一字排开。墙面有红、黄刷漆,清晰可见二十世纪六七十年代的印刷体大标语。这些标语,让人倍感古屋的肃穆与旷远。

正门前一左一右分列两个黑白纹的大理石石墩。墩分三层,底座为方形,中为多边形,上层为圆形,造型简约,光可鉴人。墩上两根立柱,柱身粗壮、黝黑,直抵房梁。石门门楣上,框边印花,门印"虎观传经",装饰斑驳脱落,字迹却依稀可辨。"虎观传经"典故来源于南朝刘勰的《文心雕龙·时序》,高悬于门楣,意为传经论学之所,勉励后人传承家风,崇文尚学。简短四字,主人的思想、品位、意韵、愿景,一览无余。

外墙的窗是石窗。或圆形或方形,状或为米字,或为铜钱,造型各异,对称嵌于外墙。更有一石窗,意味深长:四周是对称的十二个方孔,正中间为一大方格,对角处雕有一展翅欲飞的蝙蝠。蝠——福,蝙蝠寓意"遍福",象征吉祥、如意或幸福延绵无边。小小的几扇窗,寓温饱、寓钱帛、寓幸福。盖数千年来,仁人志士,莫不以此三样为奋斗目标。人世间的所有追求,尽在这乡野一窗洞见。民间手艺人的智慧与主人的高远意趣,浑然合一,通过无言的轩窗,提升到另一种高度。

石门、石窗、石墩、石天井,随处可见。在国民整体经济尚不发达的清朝中期,百姓多为泥墙草舍栖身,而水、陆并不便利甚至地理位置偏僻的文宣,其主人能用这些奢侈品装点门面,绝非等闲之辈!

如果说石是文宣古民居彰显门庭的刚需,木则是古屋软实力与文化品位的一种象征。

一脚踏进石门,就叩响了村庄的历史。

举目皆木。厅堂、厢房、巷道、阁楼,所有内墙的隔墙用材皆为木。或横排或竖列,实木至屋顶。木的色泽亦不尽相同,有的黝黑,有的暗黄,从木的纹路与疏密度依稀能认出杉木、槠树、柏树或梓树、桐树。厅堂每隔丈余便有石墩,墩上有木柱支撑房屋重力。内厅、厢房与门顶,是对开或三开的木格大窗,与天井的光亮汇成一体,光照入厅,亮亮堂堂。采光的合理亦是建筑者智慧的结晶。

第三重厅堂稍有不同,砖多木少。梁、柱、木墙刷赭红色漆,后墙处放着几个雕龙刻凤的祖宗牌位,梁上有雕花,案上有檀香。厅中,有一个造型别致的木质案几,色暗,是光阴打磨日久的古色。然,不足八尺的香案正面,却有十余幅不同形状的雕花。喜鹊闹春、松鹤延年、丹凤朝阳、花草虫鱼,龙、狮、麒麟等,从动物、植物到神话里的吉祥物,方寸之间,刀刻流畅,纤毫毕现,活灵活现。

文物的沧桑是故园的沧桑。古屋的厚重是名门望族的厚重。

古屋见证了文宣的历史,是村庄一个时期的缩影,亦是宗族历史文化的象征,更是一个村庄人文的传承与代言。承载数代人的梦想与乡愁。在现代化进程的驱动下,建设新农村已是当下新形势的必然。文宣古民居以私有的形式存留至今,除了全族人有超前的文物保护意识,亦是其建筑设计及用材有可圈可点之处。古屋的存在,是文宣之幸,亦是成氏宗族之幸!

一代鸿儒传古今

　　清朝末期至民国初期,文宣村涌现出一批文人学士,引领一方文化。其中尤为突出的有成氏先楮、先根、先楷、祖煜、祖炱、祖煌、德堉、德坤、德风、德雷、凤洲、荣瀚、国葆等十八人,从授衔的官员到高等教育机构的负责人,除了留下至今传颂的诗文,亦留下了诸多剑胆琴心、血祭疆场的脍炙人口的故事。

　　成国葆有勇有谋、济弱扶危,智救四十八名革命党人的故事至今被人传为美谈。

　　成国葆(1881—1950),派名崇才,自幼熟读经书,毕业于湖北师范学堂,与同乡成荣瀚同为检定教员。历任县、区公立学校校长。在江西武宁执教时,深得时为江西省政府主席李烈钧的赏识。李烈钧三次给国葆升迁,国葆坚持不往。人称其是不为名利、铁骨铮铮的名乡绅!曾经,一王姓大族的祖坟在一小户人家屋前,每年的上元、清明、中元等节日,宗族男丁集体出动祭祀,鞭炮喧天,冥纸飞扬,还朝天放铳(一种旧式火器),声音震耳欲聋。火药发射时弹丸常常落在屋顶瓦片上,危及附近住户的安全,年年如此,让民众苦不堪言。小户人家敢怒不敢言,郁郁寡欢,成了多年的一块心病。其时,国葆与荣瀚同在湖畔五桂潭教经馆任教,此户人家见教书先生国葆才智过人,便向其讨教,国葆找年长的荣瀚商量,二人支招儿拔去墓碑,在坟上种树种草,再作打算。小户人家不敢动手,国葆与荣瀚让文宣村里人帮忙，拔了墓碑丢进水塘。翌年，王姓人家找不到坟茔，告官。国葆、荣瀚引经据典，据理力争。多年官司无果，王姓人家很是窝火。人说，成姓读书人多，为官多，势力大，只能请成姓人来对付。王姓人家有一外孙名成可贞，为均州学正，因父去世回乡守孝三年，其王姓舅公以此为胁，多次找成可贞。一边是同宗，一边是舅公，可贞无奈。然事情总得解决，可贞只得将自己的名片递给官府，这才宣判：不准王姓人家在祖坟周边扩充地盘与大肆祭祖，国葆、荣瀚入狱三月。算是两边摆平。文宣人为了他人牺牲自己的故事传遍了十里八乡，从此，名气大震，声威并举。

据文宣成氏族谱记载，1930年，龙燕区国民党"返乡团"拘押文宣一带苏维埃四十八名革命分子，准备将他们秘密处死。得到线报，成国葆的亲属火急火燎，当即派堂侄成善政连夜赶到江西向国葆报信。那时没有交通工具，只能步行，从通山文宣到江西武宁，往返二百余里，成善政腰缠草鞋一路飞奔，途中磨破了八双草鞋。在武宁任教的成国葆翌日风尘仆仆赶回，竭力营救，给无数在黑夜里寻求光明的同胞打了一针强心剂！成国葆有着超群的智慧、谋略与果敢，但却甘心教书，正是，功名利禄抛脑后，铁血丹心写春秋！

一门忠烈祭疆场

在中国近代红色革命历史中，有一颗耀眼的红星在浩瀚的星河中熠熠生辉。这颗带着光芒的星星就是阳新"二·二七惨案"中牺牲的文宣人成子英。

文宣逸语

成子英，派名逊善，1906年出生于文宣。其父成敬义一贯务农，勤劳致富，家中略有薄田，忙不过来时便转租给附近乡邻，收点租金或粮食。子英从小勤勉好学，聪慧过人，七岁在本村蒙馆上学时便初露头角，十五岁考入阳新高等学堂，三年后毕业，受五四运动新思想的影响，对父亲出租土地有了自己的认知。当父亲让他到佃户家收租时，他两手空空回来，只说两个字：免了。眼看一大家子十来口人就揭不开锅了，父亲又急又气，顺手抄起一根柴棍就挥了过去。子英振振有词："你这是剥削穷苦百姓，现在是无产阶级要土地革命。"

1924年8月，子英考入湖北省立甲种商业学校。彼时，正值国共合作，整个武昌城掀起了工农运动与学生运动的热潮，早已埋下革命种子的成子英一触即发，毅然放弃学业，积极投身于革命洪流中。

1926年夏，成子英参加了在武昌开办的"中央农民运动讲习所"（即农运干部训练班）。后被任命为省农协特派员，派往阳新组织、领导农民运动。所到之处，苦难深重的百姓一呼百应，很快成立了农民协会和农民自卫军。农民运动迅速掀起高潮，革命的圣火在阳新熊熊燃烧。人们高喊"打倒贪官污吏""打倒土豪劣绅"，声音此起彼伏，响彻云霄。

成子英走到哪里，该地的土豪劣绅皆闻风丧胆，群众的欢呼声经久不息。成子英的声名传出了阳新县，传出了武昌城，成了全国农民运动推翻封建统治阶级的先进典型。

被镇压的土豪劣绅对农协会领袖成子英恨之入骨，他们不甘失败，伺机卷土重来。1927年2月27日，春寒料峭。成子英与一起组织运动的石树荣、曹树光、谭民治、胡占魁等八位同志被以阳新县商会会长朱仲炘为首的反动势力抓住毒打，并被五花大绑拖到城隍庙的露天戏台前。

淫雨霏霏，寒风呼号。匪徒在操场点燃干柴堆，烈焰蹿得老高。为了打压革命热情，反动势力强迫群众集中到城隍庙。他们用棍棒打、用鞭子抽，企图得到党组织的更多信息而一网打尽。面对敌人的嚣张气焰，成子英等人怒目相对，大义凛然。

四周的群众越来越多，义愤填膺的人们一次次冲向前欲制止暴行，匪徒对着手无寸铁的百姓拳打脚踢。人们眼含热泪，看着受酷刑的威武不屈的革命党人。匪徒得不到一丝信息，气急败坏，举起木棍对着成子英已骨折的左臂狠命一棍，成子英顿时感到无数骨头在碎裂，他缓过神，深深吸了一口气，挺起胸膛走上前，高呼："父老乡亲们，不要被敌人的屠杀吓倒，天下的工农是永远杀不尽的！你们要坚持斗争，我们的事业一定会取得最后胜利的！我死了，还会有后来人！"

其他八位同志紧攥拳头，一齐高呼："杀尽土豪劣绅，共产党万岁！"声音震天动地。

匪首见状，恼羞成怒，慌忙下令点火。他们一拥而上，强行剥去成子英等九人的外衣，紧捆手脚，包上棉絮，外淋煤油，将九位同志抛入火海……

山河泣血，大地呜咽。

中共阳新县委主要负责人立即派员冲破封锁到武汉报告，就这样，九名烈士被活活烧死的消息传遍江城，举国震惊。共

> 文宣逸语

产党人、国民党左派人士万分愤慨，决定采取断然措施，坚决镇压反革命，支援阳新人民的革命斗争。3月10日，国民党二届三中全会通过了《阳新惨案处理决议案》，决定由组织委员会指定邓演达、吴玉章、毛泽东三人，与湖北省党部、湖北省政务委员会、湖北省农民协会召开联席会议，迅速处理阳新惨案。

3月26日，武昌中央农民运动讲习所为成子英等九名烈士开追悼会。同时，湖北范围内开展了轰轰烈烈的悼念九烈士、痛斥敌人血腥暴行的大规模游行示威活动。3月31日，阳新惨案处理委员会决定，撤销县长张鹏翙职务，拘捕公安局长艾道生（另一说为艾道年）和凶手二十余人。4月8日，在阳新县举行追悼九烈士大会，与会者达五六万人之众。由新任县长佘辉田主持，就地枪决朱仲炘、伍修举、阮星明等七人。

烈士已逝，英名永存。烈火中，成子英二十一岁的年轻生命得以永生。

1932年，鄂东南苏维埃政府为纪念成子英烈士的英雄事迹，将他的家乡文宣一带命名为"子英乡"。

烈火千钧胆气雄，前仆后继亦从容。成子英倒下了，更多的有志之士，踏着他的足迹，站了起来。

文宣村最先在成子英的发起下加入农协会的共产党员，渐渐成了鄂、湘、赣工农红军的中坚力量。全村下至青少年，上至中壮年都参加了红军，掀起了轰轰烈烈的反恶势力运动。从1929年至1932年，全村有成同德、成茂德、成善清、成善瑞、成崇据等三十五名烈士牺牲，光是后背屋一栋屋内就有八名烈士。其中，时任红三师七团政委的成世豪（派名成达善）连同他的父亲成崇浩，兄弟成善美（文宣成氏族谱中为成美善）、成安善，父子四人同时牺牲。文宣作为红色革命根据地，多年来，民风淳朴，忠肝义胆，英才辈出，为共和国立下赫赫战功。

成建军就是当年在战场上叱咤风云的传奇人物。

成建军，又名成勤，1918年出生于文宣，十三岁参加儿童团并担任大队长，十四岁加入青年团，担任团支书和青年队长。十六岁参加红军，二十岁加入中国共产党。先后任新四军军部教导队排长、特务连连长。1941年1月自"皖南事变"中突围后，其军事才能让上级领导颇为赏识，先后调任新四军六师教导大队第二队队长、五十四团一营副营长、五十二团二营营长、高邮独立团作战参谋、苏中二分区特务营营长、宝应独立团团长等职。1949年4月，任华东警备第七旅廿一团团长。

1949年1月，扬州城解放的那天清晨，成建军带领部队进入城内，这是进城第一支解放军。

1949年4月，渡江战役前夕，成建军奉命率部歼灭盘踞在长江以北的施家桥据点的守敌。不幸被流弹击中胸部，因伤势太重，抢救无效，以身殉职，时年三十二岁。成建军牺牲后，扬州城军民举行了隆重的追悼大会，将士们想起成建军身先士卒的英勇、念及其体恤战士的恩情，潸然泪下。成建军烈士的遗体被安葬于扬州革命烈士陵园。

从晚清到辛亥革命、北伐战争、土地革命，再到抗日战争，从抗美援朝、援越抗美到对越自卫反击战，文宣村不断涌现出杰出的军事人才：有享六品军功衔的成祖姗，有武庠生成崇沼，有黄埔军校毕业的成厚善；有苏维埃政府主席成崇杰，有老红军成善干、成善相、成训善、成尽善、成良喜、成良荣等，抗美援朝的志愿兵成良政，援越抗美的成良琪、成传柏，对越自卫反击战的成良达……文宣成氏宗族已完成潜移默化的教化使命，一个红色村庄已然出列，彪炳青史。

一脉文艺写春秋

一方水土养育一方人。灵山秀水的九宫山脚下的儿女，承载着大山的厚重与性灵，在科研、文学、艺术等方面，各领风骚。

成传榜，又名成功，出生于1957年。1974年入伍，在石家庄高级陆军学校学习毕业，后在军事院校任职。曾在《中国军事百科全书》有关卷册中担任编审。

传榜自幼爱习字，入伍后开始临习唐人欧阳询楷书，以《九成宫醴泉铭》为宗，行、草样样精通。自1978年起，工作之余，手抄孙中山、毛泽东、周恩来、刘少奇、邓小平、江泽民、胡锦涛等领导人的重要论著，以及部分中国古典名著，达一千余万字，被称为军旅书法家。1998年，全国遭遇水患，传榜通过中国红十字基金会将个人书法作品义卖，所得皆捐赠给灾区。成传榜在北京举行个人书法作品展览，他的书法或秀丽端庄或大气磅礴，被很多媒体报道。

成海平，曾用名成传昱，出生于1956年，博士研究生，毕业于第三军医大学，退休前，在空军航空医学研究所任职。先后多次获得国家专利、军队科技进步奖、国家发明奖等,是军队医学界的学术人才。

成善端,号南山夫,笔名九宫山叟。1941年出生,1960年毕业于湖北省蒲圻师范学校,为中学一级教师。2001年退休后,专攻诗词楹联、书法、绘画等,著有《九宫山叟诗书画选》等。在各级诗书画大赛中多次获奖,有作品被录入《中国当代作家书画家代表作文库》,也有被江西省人文书画院收藏。

成传样,笔名启光,出生于1958年,早年从商,后攻书画,深造于中国书画院,作品多次参加全国书画展。现为中国美术家协会会员、中国画国际研究中心国际艺术研究员、中国教育电视台水墨丹青书画院会员。其擅长国画与钢笔人物素描:国画以山水、牡丹见长,时而磅礴,时而婉约,颇具灵性;人物素描细致传神。

成传安,出生于1950年,笔名墨禅。他酷爱书法,擅长楷书、草书,曾完成约三百万字的小草书法卷本,同时涉猎声乐、绘画。2012年,他的作品入选第五届中国重阳书画展并获"中国重阳书画奖",并成为《中国书画导报》的签约书画家。

还有近年来崛起的书法或楹联文艺新秀:成剑晨、成良忠、成正中、成浪平、成传恒、成军、成家福、成剑波、成承志……

以国学引领宗族,以文艺浸润乡邻,全村上下,学风蔚然,各行各业,人才辈出:有长驻国外的科研尖端英才,有国内高端电子技术的翘楚,有医疗界、教育界、水利、电力领域出类拔萃的精英,亦有超伦轶群、热衷公益的商贾鸿儒……

如今,文宣村的成姓家族由始迁祖仲然公一人,发展成有二十余个自然村塆的钟鼎之族,子孙昌荣,代有簪缨。文宣村,成了文化与文艺并铸的人文福地。

2019 年 5 月 12 日初稿

2022 年 4 月 10 日再改

第三辑　文宣·人

狗伯

> 竹笋出土的季节，春晖已暖过流年。
>
> ——题记

街头卖竹笋的老人使我的记忆停留在那个春天。

剥笋衣、切片、入锅、焯水、翻炒、加作料……多少年了，每当同样的情景出现时，我都竭力压抑着自己不去想，可记忆的镜头顽固地占据着我的思维。一个叫"大狗"的老人与一碗热气腾腾的竹笋，又浮现在我眼前。

1

透过岁月的轩窗，一个佝偻的身影在我家乡的校园踟蹰。

那时老家一个大队有一所学校。中、小学共有八个年级，教室排在一起。每间教室不像现在会在门楣标上班级，往往很难看出是几年级的学生。他一大早就来到学校，苦巴巴地在走廊候着。下课了，学子蜂拥而出，他打着手势，比画着我的身

> 文言逸语

高和发辫的长度,"啊啊"地问。没有人知道他问什么,找谁。人们好奇地围着他,有的摇头,有的嗤笑,有的甚至学着他的手势比画和发声,起哄,大笑。上课铃响了,操场安静下来。他蹲在走廊的墙角,等待下一节课间休息再找。阳光散射进空荡荡的走廊,他单薄的身影就像冬天掉了毛羽失群飞散的孤雁。上最后一节课时,他也许明白了这样寻找会无果而终,就站起身,沿着教室没有玻璃的窗口朝室内张望,一间间找过来,在三年级窗口出现时,坐在第三排的我一扭头,正好看到了他。他在窗外"嘿嘿"笑出了声,向我招手。

我称他为大伯。

大伯的父亲与我祖父是兄弟。祖父三兄弟与曾祖早年参加红军,后来都牺牲了。大伯是大祖父的长子,当时才六岁,下面还有一弟二妹。他的裹着小脚、没有劳动力的母亲,无力养活他们,将四个子女送人或过继他人。大伯被送到他外婆家,和娘舅家一起生活。从此,失去依靠的四个孩子如浮萍,分离四散。

大伯的父亲曾经在阳新高等学校上过学,在本地也是数一数二的读书人。据说大伯幼时受他父亲的影响,启蒙识字,聪明过人。家族遭此厄运,彻底改变了大伯一生的命运。一场突如其来的高烧,不知因寄人篱下无人重视,还是娘舅家境的贫困,一夜之间,活泼可爱的幼童由能说会道沦落为无听力和失语状态,继续求学亦是奢望,尚没成年他就从娘舅家独自回到了老家。

从此,一个哑巴被赋予了一个称谓:大狗。十一岁的"大狗"被乡邻叫着、使唤着。

　　插秧、耙田、割谷、挖苕，脱麦粒、打草鞋，谁家有需求，乡邻们第一个就想到他。吃百家饭，穿百家衣，他像一条大狗般卑微而坚韧地慢慢长大。

2

　　大伯一直在门口等我放学。我一出教室，他眉开眼笑，摊开左手，右掌垂直，在左手掌上做切割的动作，然后两手做扒饭手势。他又聋又哑，也没学过哑语，却能通过人的口型判断语言。从小，我见过他的各种手势，从他的比画中能猜出八九分：右手捏拳头在空中转圈代表磨粉或磨豆腐；右手食指在左手掌上点过去并跷起大拇指表示会读书；村里人生的若是男孩，他用手指做梳头状，一手撑着腰，挺挺肚，表示是生个做官的，竖大拇指；若是女孩，他做皱眉苦脸状，手掌从头顶拂下来，放到眼下，大意为头发长见识短，摆头，口里"不不"地叫唤，冲人竖小指头。这次，他扒饭的手势，是想让我去他家吃饭。大伯家距我家有一里路。我摇摇头，也比画着家中梳发髻的妈妈在等我。他急了，脸涨得通红，"啊啊"出了声，使劲摆头。见我不明白，他从地上捡起小棍子，在满是灰尘的地面上一笔一画地写字，意为让同学带讯回家。我点头。他满脸堆笑，鼻头红红的，冲我竖起大拇指。

　　学校离大伯家不远，一出校门便可望见对面田畈上靠在山边的他家的老房子。

　　踏着田塍的青草，我跟在大伯身后。我清楚地记得身板尚结实的他穿着褪了色的蓝灰棉袄，棉袄过于肥大，他在腰间系了一根布带；绿色风雪帽已经泛黄，两个帽耳，一个朝上一个耷拉着，跨一步，晃一下，脚上趿拉着没了后跟的土黄色解放鞋，让人感觉滑稽与憋屈。当他回头朝我笑时，我摸摸头上晒得暖暖的发辫，又指了指地上的青草：春来了，你难道不热？他点头，又摇了摇头。

我的故乡在鄂东南山区，视线之内都是山。山高，光照短，不利于农作物的生长。一年只种一季中稻。稻米严重不足，农人多以红薯充饥。早春，乍暖还寒。水田的塑料棚内，尚在育秧苗。正午的阳光直射下来，照着一畦畦精心侍弄过的田垄。犁耙平整过的水田如同我碗里日复一日一成不变的稀饭，清汤寡水，白亮亮一片。家家户户的屋顶冒着青烟，青烟里，藏着一双双眼睛，或浑浊或清澈，或怨艾或无奈，饥渴地望着秧苗，守望秋收。

伯母也是个苦命人，中年丧夫，一人养着四个儿子，寡居。经人撮合，带着小儿改嫁给大伯。她除了说话时只能用鼻腔发音，为人处世还算周全。人到中年，大伯终于有了自己的家。

伯母低头在火炉上翻炒着一大锅竹笋。

那年月，饥荒侵袭着每一个家庭。加上"割资本主义尾巴"的运动来势汹汹，家家户户不敢种菜园，每一张面孔如同一个模子刻出，羸弱，清瘦。一到开春，竹笋拱出地面，队长就鸣锣禁山，禁止村民偷挖竹笋。每天早晚派人提着铜锣，沿村、沿山敲打，时时警示。尽管如此，在四至路口，专人值勤搜身时总能从打猪草的竹篮底或柴担的中间，抄出几根竹笋。于是，没收、游街、批斗,成了人们茶余饭后幸灾乐祸或摇头叹息的谈资。

饥饿使人铤而走险。当看山人发现新的笋苑,猜测有人趁着天黑上山偷笋,增加夜间的值勤便提上了日程。大人们的眼睛都冒着绿光,恨不得掘地三尺找吃的。人人心里有面镜子,照着自己的窘迫也照见他人空瘪的肠胃。我清楚地记得,那时母亲用木升装米,煮一升米,七个孩子加上母亲,每人不足一小碗饭,母亲让出工干活的哥、姐吃,其他人吃稀饭或红薯。我父亲在外地上班,大哥是家中的顶梁柱,是唯一能挣满工分的男性。也不知道多久没吃米饭了,那天我闻着铁锅里的米饭香,蹭到灶台前,将空碗伸向盛饭的大哥,大哥瞪着眼:"要饭,要饭,你又不是饭桶!"直到如今,我还在深思,常常将我举过头顶逗我开心的大我十八岁的长兄,缘何说出那般没有人情味的话?

队长多次动员,甚至表态夜间值班加一倍的工分,可谁也不愿去守夜,更不愿去干搜身的活。最后,大家一致拍板:"大狗"无子无女,又是哑巴,让他夜间去值勤,最合适!

从伯母断断续续的话语中,我隐约知道了原委:大伯在值岗中,举着手电照到了狼狈不堪的挖笋人。挖笋人跪在大伯面前,哀求放过他七个嗷嗷待哺的孩子。最终,大伯点点头,挥了挥手。挖笋人从半蛇皮袋的竹笋中拿出两个,仓皇逃走。大伯在上交竹笋时,比画半天,大队干部猜来猜去都弄不明白他说的偷笋人是谁。

两个竹笋免去一场批斗,也挽救了一个濒临破碎的家。

经过全村群众半天的大会商讨，两个竹笋归于大伯。

竹笋切块厚实，无作料，白生生的，随着锅铲在玄黑的铁锅里翻动，灶膛的烟火味裹着新鲜竹笋的清香，一阵阵渗进鼻腔，伯母撒上一把野葱花。

我的眼底蹿起了火苗。

一只边缘有诸多小缺口的蓝边粗瓷大碗，第一次盛满主人的喜悦，笋片堆成一座小山，递到我面前。这是我平生第一次，也是唯一的一次，在大伯家用餐。

大伯鼻头红红的，笑，一点点漫过嘴角、眉心、额头。

3

这是一条忠实的"狗"。乡村的每一户人家，都是他的主人。

田间、地头、山上，无论是农活还是砍伐竹木，甚至挑砖、烧瓦、盖房，谁家需要，都会叫上他。

伯母说："你大伯是个实心秤砣，帮人做工不要工钱，看到困难人家，他还不吃饱，回家再吃。生产队出工，别人挑大半筐，他挑满筐；工间歇气（休息），就他一人不歇。"许是受了太多的委屈，她说这话时，撩起衣襟擦那长年泪汪汪的红红的眼角。

我不怀疑她这话的真实性。村里有点耳聋的良可叔给人做工就不要工钱，只求吃顿饱饭就行。住我家隔壁的堂兄传进也给人做工，常常在主家吃过后再回家找吃的，每每此时，他的妻子爱定嫂就扯着喉咙骂他。

第三辑 文宣·人

别看大伯又聋又哑，可他的眼睛好使，看嘛学嘛，无师自通。有一次，下雨天，他来到我家，从鼓囊囊的布包里变魔术似的掏出竹碗、竹瓢、竹筒，都是精细打磨过的餐具。竹碗是从圆竹筒的竹节上方锯开，刨皮，削薄，磨圆，利用竹节做碗底。这种碗不导热，保温，端着不烫手，还不易摔破。我家兄妹多，打破碗是常有的事，大伯那一摞竹碗，着实让我们省事了很多年。山多，竹木就多，山里人，靠着竹木生存。大伯将竹子破成篾片，编晒箕，编箩筐，织蓑衣斗笠，打草鞋，从家用的农具到身上披挂的雨具，都做得有模有样。他还将脱粒过的高粱秆，或秋后扬花的芭茅穗用细麻绳穿插，压紧，精心修剪，扎成两头厚、中间薄的笤帚，那形状就像孔雀开屏，可漂亮了，一挑到镇上，就被人抢购一空。

记忆中，他经常来我家扎扫帚，搓草绳，削木棍，帮我母亲搭瓜豆架，挑猪圈里沤肥的脚粪（方言，农家肥）。吃饭时，他端着碗远远地坐到门边。母亲叹着气，吩咐我们兄妹将他"架"到桌边，给他夹菜，盛汤。

我出嫁时，大伯提前两天来我家。挑水，洗菜，贴对联，搬桌凳，不得空闲。饭后，父亲低头给大伯点烟。俩老兄弟坐在墙边，比画着我的嫁妆，比画着眼前穿梭的孩子，哪几个是孙，哪几个是外孙。大伯满面红光，咧着嘴"咦咦咦"发声，一个劲儿竖大拇指。临出门时，他候在大门口笑眯眯地看着我。我给他下跪告别，他两手扶住了我。他拘谨地从身后拿出两把精致密实的高粱帚，递到我面前。两帚一大一小，顶端系着红布条。大帚扇面大，用于扫地或扫天花板，小帚在老家常用于

> 文宣逸语

清扫灶台或床铺。千言万语虽道不出,大伯却用最朴实的扫帚表达出一个老人最原始、最温情的希冀:勤俭持家!我昂起头,快速转动眼珠,不让眼窝的液体外溢,握住了他的手。大伯的两个手掌纹路交错、皲裂、粗糙、沧桑。一条条杂乱无章、毫无规则的纹线,有的是愈合后的黑线,有的尚露着鲜红的肉芽。握着他的手,感觉就像握着一把老旧的锉刀。他的唇嗫嚅着,好久,没吐出一个字,只是,用力朝我点点头。

这两把帚,成了我婚后维系亲情的纽带。大帚被婆婆看中,做她睡房的专用帚。我将小帚悬挂于陪嫁的帐篙上,闲暇时,总会想起卑微的大伯在艰苦岁月里生存的点点滴滴。处逆境或思乡时,我取下小帚,扫床铺,扫书柜,拂扫心灵的尘埃。在一次次清扫中,完成一个从女孩到女人,再到母亲的嬗变。在文字的世界里锤炼自己,丰盈内心,完善自我。

最后一次见到大伯,是冬天。伯母已去世。在大伯的帮扶下已娶妻生子的四个继子,最小的一个已在本地安家。我携夫带儿风尘仆仆地回家过春节,在上坳铺学校的路口遇见大伯。大伯头戴棉帽,高颧骨尖下巴,唇周的胡须枯黄而稀。以前高我一头的大个子如今萎缩成一条干枯的老丝瓜,站在我面前,我能看到他头顶稀疏的白发。他两指夹着烟,低垂着头,一滴清亮的鼻涕水,在鼻尖摇摇欲坠。样子孤独而落寞。看到我,他浑浊的眼睛倏然一亮,迅速用衣袖拭去鼻头的鼻涕水。我指着儿子和爱人向他介绍,他点头,竖起大拇指,咧开嘴笑。随着一阵猛烈的咳嗽,他的脸憋得通红。我示意他不能抽烟,他摇摇头。我猛然想起,自我记事起,他一直是抽烟的。最初是自种烟叶卷成的旱烟,后来买劣质烟,他是靠着烟叶度过无数个艰辛、孤单、无助和悲苦的日子。即便如此,他依然心中有爱,在我递给他钞票时,他居然拒绝了,拒绝接受一个当年受过他恩惠的亲侄女的馈赠!

　　大哥说,大伯临终时无人知晓。大哥还说,送葬那天,伯母的四个儿子都来了,乡亲也都来了,大伯的八个侄儿(我的兄弟与堂兄弟)将葬礼办得很热闹。家人念我路途遥远,天热,又值哺乳期,没通知我。

　　大伯去世不到一年,我的父母也相继去世。故乡在我的视线里渐渐遥远。今年清明,恰逢通山县民政局将我曾祖父子四位烈士的碑送到了家乡,碑上刻着各自生平简介、牺牲始末。我还乡与兄弟、堂兄弟动土立碑,给先人扫墓。大伯的墓地在上坳铺对面的半山腰处,墓基下方,一根粗壮的扁柏,直指苍穹。墓前的向阳坡上,一丛粗壮的泡桐,花期已近尾声,树上尚有素白的花团,摇曳如锦;地上落英缤纷,桐花满地;墓地右侧,是几株苍翠楠竹,根系暴突处,竹笋正破土而出。一边是落花与凋零,一边是竹笋的出土与重生;一边是按季开花盈虚有数的落叶乔木,一边是四季常青凌霜傲雪的竹与柏。花落无声,竹木有情,这桐花和竹木可是大自然赐予大伯的陪伴?和煦的风拂过清明山,拂过枝繁叶茂的桐树,拂过婆娑的竹影,我的心底有暖流淌过,鼻息里满是多年前那碗竹笋的清香。我低头弯腰,奋力拔杂草,除芭茅,随着坟头最后一丛荆棘被金属的锐锋制服,蓦然发现低矮的石碑上刻着大伯的简介。大伯原来是有名字的。这个被无数人唤着"狗"的人,从"大狗""大狗叔"到"大狗爷爷",居然是有名字的。

我在心中刻下一行字：成良器,生于1924年农历八月十三日,卒于2003年农历六月二十四日,葬于文宣村上坳铺对面谭家宕。

2016年4月8日初稿
2022年4月10日修改

良辰美景

良辰美景，是个颇具韵味的成语。这四个字映入眼帘时，每个人脑海浮现的会是不同场景：早春寂寥的原野，报春花绽放一片鹅黄；绿茵茵的草地，年轻的妈妈牵引幼童趔趔趄趄学步；湛蓝天幕下，生龙活虎的少年为一篮球你争我抢，一侧有掌声亦有琅琅书声；黄昏，白发已若隐若现的儿用轮椅推着白发苍苍、眉开眼笑的娘；雨夜，人到中年的夫，拿着雨具，等候下班的妻……

一千个人眼里，会有一千个哈姆雷特。

我的脑海最先蹦出的是李玉刚演唱的昆曲《牡丹亭》："良辰美景奈何天，赏心乐事谁家院？朝飞暮卷，云霞翠轩，雨丝风片，烟波画船。锦屏人忒看的这韶光贱！"悱恻缠绵，多情婉转。在镁光灯闪烁的舞台上，李玉刚扮相羞怯、柔媚、楚楚动人，一开口，便让所有人为之震惊。李玉刚钟情、痴迷戏剧，对戏剧的感情已深入骨髓，他怎么能不懂明代戏剧家汤显祖的经典之作？

诗词、戏曲、文学里的良辰美景是曼妙的。譬如《陈书》中"每良辰美景，宾僚并集，泛长江而置酒，亦一时之胜赏焉"的良辰美景，莫过于邀约友人泛舟江上，赏奇山秀水，举酒畅饮，惬意人生；南北朝时期谢灵运在《拟魏太子邺中集诗》序中云："天下良辰美景，赏心乐事，四者难并。"则是有感而发，表述的侧重点各不相同，意味亦不同。

我这里要说的良辰美景，不是风景，不是戏曲，不是词牌，是一对玉人。

说其是"玉人"，对于一生在文宣"捋锄头柄"的农人来说，委实有些矫情。

良辰与美景是两个人，一个男人与一个女人。名字连在一起，定会发生一些有趣的或是风花雪月的故事。

良辰与我父亲同辈，按辈分，我称其为叔。我家屋后的山就是他家屋前的山。站在山顶，他家五间土砖屋的门窗、猪圈，屋前玩耍的稚童，都看得一清二楚。

那时的良辰面目俊朗、身形单薄，给人玉树临风之感。

我记事起，他的话不多，少言寡语也许是他多年的习惯。他的爷爷成国葆生前是教经馆的先生，能言善辩，神通广大，当时他家也是整个文宣村仅有两家地主中的一家。

1952年出生的良辰，是家中的长子长孙，虽然未曾与闻名乡里的祖父谋面，但一出生就被扣上"地主崽"的帽子。祖辈与父辈积攒一生，留下来了四担田、四间正房与一间厢房。新中国成立之后，田产悉数充公，再次分配给良辰家一部分田地，可以自由耕种。良辰的父亲在汉口教书，因收留宗族里的国民党人（成厚善）而被捕入狱。不久，良辰的祖父祖母双双自杀。为了不让他受到更多伤害，母亲带着良辰寄居在江源的外婆家。十余年后恰逢"文化大革命"，上五年级的良辰辍学回到文宣，卷起裤腿、拿起锄头、举着柴刀，走向田地、走向深山，开始了面朝黄土背朝天的农民生涯。此时，父亲刑满释放，然而工作没有了，发回原籍，一介书生只得回家乡学做农活。

良辰没挨斗。从祖父到父亲，都是读书人，两代都是教书先生。祖父成国葆也是贫苦农民出身，因其从小聪明过人，读得一肚子书，出口成章，被杨林上坑一王姓大户人家看中，将女儿许配并陪嫁丰厚的田产，再后来靠教书积攒，省吃俭用，如此数年，历经两代人的打拼，攒下了四担田的产业。在特殊的历史时期，良辰从小看到父母挨批受斗，巨大的家庭创伤给良辰留下了太多阴影。他讷言敏行，忍耐谦让，不敢多说话，担心说错说漏。

1972年，良辰二十岁，那时同村的同龄人多已成家。他四顾茫然。在附近难以找到对象，他母亲四处托媒人给他提亲。一听说他家是地主，女方家将媒人拒之门外。"他家是地主家庭，良辰是新中国成立后出生，不是地主。他家是书香门第，教出来的学生遍布四海。瘦死的骆驼比马大，有家教的子弟，总比大字不识的强。"媒人避重就轻，多次游说，在三十里外偏僻贫穷的沙店乡铁罗坪村，一个憨厚的王姓庄户人家终于答应让良辰见女孩一面，成与不成只能随缘。

良辰喜出望外。

见面极有戏剧性。

天没亮，良辰就起了床。母亲端出早饭，笑眯眯地看着良辰换上崭新的蓝色咔叽中山装，看着他把皮鞋擦得锃亮，看着他几口扒完早饭。临出门时，母亲将油瓶的茶油滴几滴于掌心，两手一搓，踮起脚尖抹在良辰一丝不乱的头发上，油亮的黑发顿时给人添了几分精气神。在雄鸡的唱和中，母亲目送儿子意

> 文宣逸语

气风发地出了门。道上不通客车,三十里路,步行三个小时到了女方家。女方父母殷勤接待,却迟迟不见女孩露面,媒人左顾右盼,打听到女孩在村头洗衣,示意良辰去找。良辰踱到河边,此时正是上午十点多,偌大村庄的大姑娘小媳妇都在河边洗衣服呢。他一路看过去,走到一个梳着黑亮大辫子的女孩身后,脚底生了根,盯着她的背影出神。众人"哧哧"笑出了声,女孩转头,见陌生青年盯着自己,脸颊飞起两朵红云,端起没洗完的衣物,慌慌张张跑回了家。

女孩就是王水仙。十五岁,水灵灵的标致人儿。及笄女子,弱冠之男,素年锦时,一见钟情。女孩善女红,爱刺绣,飞针走线,巧指翻飞,鸳鸯、蝴蝶、喜鹊、福、禄、寿、囍,花鸟虫鱼,在她的指尖下,扇着翅膀,沾着露水,藏着喜气。水仙的娘用米筛一一摆上刺绣品,像展示战利品般端出来,媒人眉开眼笑,良辰亦是面露喜色,顺势找女孩讨要手工布鞋。

十五岁的女孩喜热闹。沙店、杨林、洪港附近的乡镇,哪里热闹往哪里钻,她多次见过群众大会上斗地主的场面,听说良辰是地主家庭,水仙刚萌动的少女之心顿时被一盆冷水浇灭了。

良辰动了心思。到她村庄附近找副业,帮人砍柴烧窑,借机到小卖部买烟去看她。他在水仙家门口转悠,找机会搭讪,家里人看着这个彬彬有礼的忠厚青年,都劝她,她这才答应交往。

后来彼此满意择日订婚。那时鄂东南的风俗中订婚分小订与大订。小订的礼物是"四个四",即四刀猪肉、四段布匹、四双鞋、四双袜子。小订了，就表示这门亲定下来了，女孩子从此不接受其他人提亲。大订也叫过礼认亲，聘礼是"八个八"，即八刀肉、八只鸡、八只鸭、八个猪蹄髈、八段布、八双鞋、八双袜子、八条毛巾。良辰家除了"八个八"，还配了一台缝纫机，那时已是高档的聘礼。其中一段红棉绸布，是良辰的母亲托人从汉口买来的，颜色纯正，可漂亮了。无人的时候，水仙披在身上，织着少女梦、新娘梦。亲房（曾祖、高祖或天祖一门下来有直系血缘或同祖血亲关系）人等，按亲疏给礼肉。

　　礼肉是家乡人沿袭多年的民间风俗。女儿大了，订婚认亲，男方都得挑一担子肉去认亲，也叫"打礼肉"。生了孩子，外孙第一次上外婆家要选黄道吉日，叫"过门"，亲房叔侄等家家要给一刀肉。春节期间的拜年，嫁出去的女儿无论多大年纪，都要回娘家拜年：结婚初始是女婿给岳父、大舅子拜年，年老时是外甥给舅舅拜年，孙辈给奶奶的娘家人拜年，拜年礼节持续到第三代。拜年礼是一刀肉。那些年，人们肠瘦胃瘪，对猪肉的渴望，无异于山珍海味。十分贫困的家庭，温饱都困难，过年亦见不到一丝肉星。为了给孩子解馋，过年时将冬瓜或白萝卜切成方块，红烧，拌点酱酒，烧成肉块状，搪塞孩子。与我从小一起长大的喜红，因幼年右手烫伤，五指粘连，视力也不好，她母亲将她嫁给一户贫困人家，生子十余岁了，家大口阔，因无钱打礼肉，凑不齐"过门礼"，一直不敢带孩子们回娘家。

　　肉是富裕与殷实的象征。逢年过节，送一刀肉，是给主家最重的厚礼，也是最崇高的敬意。二十世纪七十年代后期，农村的经济日渐好转，物质生活有所改善，一般家庭都能养猪，年前杀一头肉猪,自产自销,不卖猪肉。除了拜年礼,余下的都挂在楼板上熏成腊肉,后在木桶里铺上干稻草,将熏肉放在草堆里储存,色香味俱佳。那年月,谁家富不富,不是看房子有多漂亮,而是看谁家楼板吊的猪肉多。生日、传统节日或有客人来访,"噔噔噔",女主人几步跨上楼梯,取来一刀腊肉,热水烫洗后,烧、炒、烩、煨,各样各色,香气扑鼻。肉是对座上宾最高层次的礼遇,也是孩子们对节日望眼欲穿的祈盼。腊肉的切块彰显主家的处世之道、待客之诚。擅持家的女主人,家中的腊肉能从年头吃到年尾。家庭有年轻后生需要认亲的,往往要养两三头肉猪。到女方家认亲,剁礼肉是分等级的:亲兄弟是十斤以上;亲叔伯之类,一般是六到八斤前夹肉,疏一点的是四五斤排骨肉。碰上女方家是房头大族,亲房有四五十户的,往往需要两头猪,家境贫寒的,只能眼睁睁看着儿子打光棍。吃了礼肉表示都认可了这门亲,男孩可以改口,以女孩未婚夫的身份称呼其亲人。认亲当天,男方与父兄人等在女方家过夜,女方的亲房,户户要设宴接席,款待男方来宾。第二天中饭后,男方返程,女孩与父兄叔伯人等要去回礼,去男方家认亲。礼尚往来,在男方家过夜,男方亲房人等接席款待。从此,两家逢节日、生日等喜庆事以亲人方式行走。

  年后的正月初五,良辰家的细公做寿,爷爷想见侄孙媳妇。按规矩,良辰来接水仙。那时,沙店河下游都没有架桥,要去对岸,只能涉水过河。残雪未消,寒风刺骨。水仙身上来了月事,不敢下河蹚水。王父是个处事周全的人,为了不让男方家引起误会,竭力逼水仙去。这一来,激发了小妮子的牛脾气,坚持不去，扬言要退婚。她将订婚的礼物以及布匹与做成的衣裳，一股脑儿卷起，丢到良辰面前，言：一刀两断。

"那段红棉绸布，我做了一件衬衫，实在舍不得，没拿出来。"说这话的时候，已六十三岁的她羞涩一笑，仿佛回到了四十多年前少女时代的那个春天。

"订婚的礼肉，送给亲房人等的礼肉，退婚时都应退还给男方。肉都吃完了，只能折算钱。我家是贫农，穷，拿不出钱，只能等以后再还。你良辰叔硬气，退婚的东西他都不肯要了，我只好送到媒人家里。"

一条河，挡住了去路，也挡住了追寻幸福的通途。原本已是大地复苏的春天，一对年轻人，内心的河床却开始结冰。

"虚度了丽日和风，枉误了良辰美景"，元朝关汉卿在《金线池》里表述的遗憾，亦是此二人的遗憾。

从此，良辰紧闭心门。良辰的母亲愁坏了，四处托人做水仙的工作。从乡政府的书记到大队的妇联主任，甚至发动三亲六眷中与水仙家沾亲带故的亲朋，七个媒人轮番登门，也无法打动少女执拗的心。

"一家有女百家求。"五年，上门相亲的男孩几乎踩塌了水仙家的门槛，她情窦难开。五年，良辰在母亲的张罗下，亦多次与其他女孩相亲，但却不为所动。一个不娶，一个不嫁。冥冥之中，仿佛都在等待命运的安排。

1978年，第七个媒人王贤旺书记的一席话打动了水仙。二十七岁的大龄青年良辰与二十二岁的水仙成功牵手。最美的六年光阴是为了考验两个人的耐力与真诚。止步与思考，是为了看清爱情的本质便于以后长久厮守。为避良辰祖母王瓦仙的名讳，良辰将水仙改名"美景"，良辰美景，天赐良缘。此时，良辰的父亲已去世十一年。良辰与美景挑起生活的重担，学着担当"长兄如父，长嫂如母"之责，与母亲一道供养十二岁与十四岁的两个弟弟上高中、上大学。二十世纪八十年代初，偏僻的乡村一家出了两个大学生，成了寒门学子奋发向上的标杆，良辰、美景的爱情与义举被传为佳话。后来，良辰、美景生养的三子二女，三个上大学，两个上中专，让很多家庭羡慕不已。

在良辰叔老土屋的旁边，一栋二层小洋楼拔地而起。八卦图、雕花白栏杆，红白相嵌的墙砖，正门上方是一幅长条形绿意盈盈的山水画，简约、清新，艺术气息扑面而来。院子周边，柏树、桂树、芭蕉，翠色葱茏；屋前，鸡冠花、虞美人点亮秋色，一片艳红。门洞大开，我顺着阳光踏进了堂屋。门内，一位妇人戴着老花镜低着头在飞针走线。我轻轻凑上前，她膝上一大块带有暗格的白色棉布上绣的是清明上河图，人、船、马车、垂柳、拱桥、河流、屋宇，各色丝线，唯美呈现。闻声，良辰叔从屋内出来，他穿着挺括的黑色呢绒大衣，镶金牙，头发一丝不乱，精神头十足："绣花的是你美景婶娘。"又指了指在堂屋一侧椅子上打瞌睡的满头银发的富态太婆："我姆妈，93岁了。"我看看他，又看看她们，良辰美景，世间独有。正是，此景只应天上有，人间能得几回观。

2020年1月13日

杰哥的"三杆"

2016年春节,我回乡拜祭父母。父母已去世多年,墓地在离村庄较远的山头,偏僻、荒凉,山脚下,仅有一户人家——堂兄传杰的家。

山道窄仄、曲曲弯弯,路上行车,无处掉头,只好越过田塍,驶进了传杰家屋前的空场。传杰早年在文宣与我家同住一栋两重的祖屋——前重进门左侧两间主屋与一间厨房是他一大家子居住的。他与哥哥成家时各用了一间主屋,寡母与弟弟在厨房边辟出一隅安身。婚后,随着孩子们接二连三地出生,逼仄的空间里大的喊小的哭,鸡飞狗跳,四邻不安。彼时,童年的我仰望一米八大个子的杰哥穿着四个兜的草绿军装进进出出,很是威风。他那时是民兵连长,性格开朗。暖阳中,星空下,火炉边,他聊政策论时事,说新闻八卦,谈古论今。他家处路边,只要一开腔,前后几栋房子都能听到,常常说着说着家里的椅子就不够用了,屋前的竹桠、柴筒、草把,皆被人当成了座椅。人们在他唾沫飞溅中得知"中国第一颗人造地球卫星发射成功""中美建交""唐山大地震"……时间、地点、人物、事件的来龙去脉,清晰有据。人们惊叹于他丰富的知识面,更诧异于他惊人的记忆力。末了,意犹未尽的乡亲,端着饭碗的在地上寻筷子;提着猪食桶的急匆匆走向猪槽被掀翻的猪圈;拿起扁担钩弯腰挑起水桶的,猛一起身,感觉肩头轻了,扭头,

> 满满一担水漏得只剩半桶……

他娶的妻是我表姑。婚后第三年,他回家的身影渐渐少了。母亲说,他离开村庄,在山背面的陡坡上打地基,建房子,新房在他妻子的娘家附近,是娘家父兄接济帮扶建起的。此后,除了节日与族中、村中有事,很少能见到他,也很少再听到他的大嗓门儿。有关他的消息,却不断传来:又生了孩子,计划生育超标,升职不成,云云。

他的房子还是三十年前建的连七间土房。屋前菜地、田垄、公路、溪流,屋后群山连绵起伏,两侧无遮无拦,长风浩荡,莫非,这山窝窝中唯独的一家,是略通易经的杰哥看中的风水宝地?矮柏、樟树、迎客松枝条葱茏,树荫摇曳一地细碎的阳光,意杨、栗子树光秃秃的枝桠直指苍穹,成群的母鸡旁若无人地在暖阳中啄食檐下的白菜叶。杰哥背朝外在阶前看书,腰背坚挺,白发在日照下亮闪闪的,静谧、安详,好一幅乡村和谐图。见有人来,杰哥放下手上的书,手搭凉棚,细眯着眼睛看,许是在阳光下看书已久,眼花,他揉揉眼,见是我,两唇便合不拢了,只见顾长的身体在阳光下进进出出,搬凳子、倒茶,吩咐女儿煮糍粑。同在一扇门内长大,对幼年乡村的记忆就如同一道数学题,即便解题的方式有千万种,答案永远只有一个。一切都莫过于童年盼过年时的腊肉、糍粑、豆腐泡,这些刻进游子思乡的骨髓。

踏进阳光投射的大门,时光将我带回到三十年前。土砖墙、木板楼、水泥地、檩条、布瓦、桌、椅、炊具、窗、床、墙壁、贴画、衣柜,一切都是我曾经熟悉的乡村样子。只是,睡房有三个大书柜，简陋的书架上，齐整地码着一摞摞书，其中有风水学的经典论著和历史小说、名人传记，还有不少毛笔手抄、泛黄缺角的线装本古书，以及各种文选、年历、年鉴、族谱、县志等。除了书，还有很多报纸杂志，都分门别类摆放，与凌乱的室内极不相称。

这分明是一个乡村图书馆。不，乡村图书馆橱窗的书有的书页从未翻开过，有的塑料覆膜都不曾拆掉，大多只是形同摆设的物件，而眼前的书籍，随手一翻，圈圈点点，绵密的蝇头小楷糅进书页，泛黄、泛黑，伴着年复一年的夏夜虫鸣，伴着无数个冬天火炉塘杂木柴的噼里啪啦，在主人的岁月里低吟浅唱。

老伴与子孙们近几年搬到城里去了，偌大的房子，只他一人长住。寒暑假期，尚在华师大读研究生的幺女才回家陪他。

一个人的村庄，一栋屋，一隅书斋。

2019年11月上旬的一天，我再次踏进杰哥的家。此时，他的七间土房，已被炉火高温烧制的红砖取代，外墙上是清一色的白瓷砖，连七间开三扇朱红大门，正对公路，颇有气势。玻璃窗半开半掩。檐下是挨墙码放着的劈好的干柴和从旧房子里拆下来的木料。屋后的竹子、松树、杉树，木茂林深，郁郁苍苍。钢筋水泥浇灌的屋顶上，圆形的不锈钢水塔银光闪亮。蓝莹莹的天幕就在头顶，仿若从浸染日久的靛蓝中捞出，通透、明丽、空灵。眼前的一切，让我心中弹奏起班德瑞的《家园之旅》，清爽、舒畅。

这，早该是他拥有的人间烟火！

> 文宣逸语

四野静寂，风轻阳暖，一支烟，一杯清茶。六十年的沧海桑田，徐徐展开……

先说说我的家世。

我是1953年的十月出生的，六十七岁了。我祖父和他胞弟在1932年为革命牺牲，解放后被追认为烈士。祖母在1933年因病去世。那年，我父亲兄妹三人就成了孤儿。飞来的横祸让一个原本温馨的家四分五裂。三岁的叔父过继给下河（地名）的堂祖父隆善公，九岁的姑姑给人做童养媳，我父亲也跟随叔父投靠隆善公。过继是民间普遍存在的传宗接代的一种方式，受"不孝有三，无后为大"的传统思想影响，膝下无子的可将堂兄弟的儿子过继或承祧到自己名下，视同己出，这一支的香火就不会断，修家谱与宗谱时子孙便得以延续。我父亲成人后，隆善公仁至义尽，帮助父亲从龙港娶回我母亲。

我父亲在土改时任初级社的大保管，还是个杀猪匠。四十九岁那年，得了肝腹水，没钱治，三个月后去世了。那年我十一岁。家乡有个规矩：刚出生的婴儿一落地与人死时断了气，都要放爆竹。生与死，都是人生的大事。来到世间的孩子哇哇大哭，家里人喜气洋洋；人死的时候悄无声息，亲人号啕大哭。从自己哭到亲人哭，这个过程有的很短，有的很长，有的人活到八九十岁死了被人骂，有的人年纪轻轻死了还有人念其好，无论长短，都是一生，看怎么活。嘿，我扯远了。村里死了人，爆竹一响，我母亲就去看看，第二天送几包火纸，夜里去守灵，这都是乡风。后来，爆竹经常响，就没人去看了，也没人去守灵了。再后来，爆竹也不响了。有时我早上去学校，小眼睛左右乱瞄,冷不防看见谁家门口用晒箕在门前搭个篷子,高高的棺材头正对着路口,顿时魂飞魄散,腿脚发软。饿死人,那个时代,很常见。

我十一岁以前,家庭在农村算是富裕的。我父亲个子大力气也大,割谷、挖红薯,一担能挑三百多斤,工分比他人多一倍,工分挣得多,口粮有保证。能吃个饱饭,就是上等人家。他会杀猪,给人杀猪时主家不给工钱只给一刀肉。我在四里外的寨头学校住读,每个星期,母亲给我煮一碗肉。

父亲去世后,家里没了主劳力,境况一落千丈,我母亲带着三男一女四个孩子艰难度日。母亲做不了重活,幼年时裹了脚,外婆看她缠脚痛苦,偷偷给她解绑,但脚已变形,走路不稳当。挖红薯时别人用两个箩筐挑,她只能用背篓一筐筐背。下地干活别人的工分是十分八分,她只记七分。做农活没得优势,她就在勤字上下功夫。天麻麻亮起床,提个箢箢沿路捡粪,猪粪、牛粪、狗粪,交给生产队算工分。那时候,捡粪的人很多,生产队的几个大粪窖满满的。村支书吴世亨,也是捡一辈子的粪。

1967年的青黄不接之时,母亲实在无力养活我们,带着我沿路乞讨,去龙港投奔我外婆家。走了一天一夜,到了龙港街姨妈家,姨妈摸着我母亲尖瘦的下巴,眼泪就涌了出来,她刮了三升米给我。做铁匠的远亲舅舅给了我们六升蚕豆,我终生难忘。

我小时候读书用功,字也写得漂亮,每年都能拿回奖状。我们在外婆家住了半个月,母亲本想让外婆家接济一下以便供养我继续读书，见娘家无望，便原路讨饭回到文宣。人穷志不穷，母亲带着我们兄弟开荒种地，晚上点油灯打鞋底、打草鞋，补贴家用。

那年夏天，我跟着村里人去横石卖柴。挑着干柴步行十五里，到横石街已是中午，累、饿、热、渴。五十斤干柴卖了五角钱。平生第一次拿着这么多钱，我又激动又开心。横石街人来人往，非常热闹，各种吃食的香味飘来，肚子"咕咕咕"一个劲儿叫，脚也不听使唤，在馒头店前生了根。碗口大的馍，白花花的，这是一年中只端午节才能吃上的白面馍！我咽着口水，捻出五分钱硬币买了一个，刚送到嘴边，想起在家的母亲，她最喜吃的就是馒头呀。便找店家要了一片芭蕉叶包了馒头，饿着肚子走回家。递给母亲时，母亲看看馒头，又看看我，悲喜交集。她撕下一坨，塞进我嘴里，眼泪在她眼眶里打转。父亲去世后母亲很少有笑脸，家中的顶梁柱塌了，母亲含辛茹苦，不就指望我们撑起她的天？！从那以后，我感觉母亲的心境慢慢有了改变，不再眉头紧锁。此后，每逢假日，我与哥哥砍毛竹，砍杂木棍，捡竹桠，当天挑到十里外的收购站卖，也会给母亲带回一个馒头。晚上，母亲一人分一坨，你推我让中，一家人嚼着那个馒头，咀嚼岁月的酸楚与甜蜜，简陋的屋顶下弥漫着温馨的气息。

冬天没鞋子穿，我们打赤脚在雪地捡柴，砍伐被雪压断的树枝。脚踩在雪地上，脚板神经是麻木的，感觉不到冷，但会生冻疮。冻疮流脓水，后脚跟血糊糊一片，一到晚上，在破棉袄、破棉被、破蓑衣盖着的被窝里偎暖了，冻疮处又痛又痒。

那个痒,一直钻到心尖尖,钻进骨头缝里。一抠痒,皮肉就被抠下来了,只能忍!忍也是痛苦的,咬着被角才忍得住。不管怎么艰难,母亲不抱怨,我从来没看到她掉过一滴眼泪。肚子都填不饱,她还坚持送我们读书。我与弟弟高中毕业,我妹初中毕业后被贫下中农推荐并考取大学,在湖北医学院咸宁分院就读,如今是主治医生退休。我们能有今天,是母亲给了我们第二次生命。

我这一生,我总结了一下,用三个词概括,是枪杆、笔杆、锄头杆的三杆人生。

枪 杆

二十世纪七十年代,是国家大办农业、兴修水利与搞基础建设的十年。全国掀起了一浪又一浪的建设热潮。先是农业学大寨,"人有多大胆,地有多大产",大办农业,大搞科学种田。各地都在修筑河堤、围堤、水库,进行修桥修路修渠等大型工程。上级一声令下,整个村庄的青壮年如同服兵役的战士,无条件上阵——出公差,大队民兵连长排长身先士卒,成了带队的"公差头儿"。七十年代民众的时髦口号是:到城市去,到部队去,到生活好的地方去。而基层农村,是扛起锄头与铁锹,到渠沟去,到水库去,到需要修路的地方去。

我是1974年当上的大队民兵连长。第二年,经支书介绍入党。22岁,这个年龄入党,在乡村可谓是凤毛麟角。"我是党的一块砖,哪里需要往哪里搬。"民兵连长是个苦差事,不管县内哪个地方工程建设需要人,就找连长。那时,各家各户的墙头下有广播，早中晚听大队的广播，每个队要调多少劳力，什么时候集中，什么时候出发，不用上门通知，比现在的手机还方便。全国的农村都实行公社化，级别顺序是县—公社—队—小队。我是民兵连长，又是支部委员，责无旁贷，领头带班。先后带领本大队民兵和组建的民兵连，参加县、公社组织的大型工程：修围堤、建水库、改田、修路，其中最为惊险的是修九宫山一天门至老崖尖的公路以及修薄刀峰的崖石渠道。这期间，受了三次惊吓，两次有生命危险。详情容我慢慢道来。

1975年2月，接上级通知，去九宫山修一天门到铜鼓包最高处——老崖尖一个部队的公路，并帮部队架设地缆线。任务由畅周公社民兵营承担。指导员舒群英当时是公社党委副书记，将我们附近三个大队临时组建为民兵第二连，我任副连长兼会计，一切按军事化行动和管理。自打背包，自带行李与修路工具上九宫山。那时，九宫山没通公路。我们一大早从家中出发到九宫山修路地点已是晚上10点，人人全身汗透，筋疲力尽。

第三天，营部通知："转支拨"的大米运到内西港公路，连队规定每人要到九宫山下的公路背六十斤大米上山。天哪，刚刚从山下步行上来，腿脚都是软的，还没缓过神呢。军令如山，又得走下山去背米。在山下的汽车上卸大米时，一不小心，我右脚踩到木板上，一枚铁钉刺穿脚底，鲜血直流。人人要背六十斤大米走十五里上山，谁也帮不了我。我拄着拐杖，咬着牙，一步步登山。后来，走几步就歇一下，感觉比红军爬雪山还艰难。终于挪到了山顶，人已是虚脱。山上没医院，连队也没医生，无任何消炎处理。当晚，脚又红又肿，发高烧。过了几天，伤口溃烂，小腿肿得像大树筒，不能行走。那时我想，这里无依无靠，又没有药，只怕小命要丢在这山上。一个大活人总不能坐着等死，我想到部队兴许能帮上我，就写了一张字条请人送到部队，还好，给我带来了几包消炎药，我每天用盐水洗伤口，躺半个月，依靠自身的免疫力，居然慢慢消肿，伤口愈合，能下地干活了。

九宫山上仅有一个林场，没有其他房屋，民工修路都是靠自己搭茅棚住，在茅棚内用竹片做两米高的竹篱笆，分男女寝室。用竹片织一个通铺，垫在杂草丛生的地上，幕天席地。过不了几天，床底下的红筒蒿又长起，从缝隙绕着弯儿生长出来。半夜，一翻身，无意间身与手就能触到那冰凉凉的茎叶，能闻到彼此身上的汗臭味与难闻的蒿草味。伙食是用大蒸笼做的蒸饭、蒸菜。菜是各自带去的干盐菜、干萝卜丝。多数人的菜里没有一丁点儿油，每天高强度修路做工，人人灰头土脸，眼窝深陷。

那天说改善伙食，食堂给每人发一瓶洋芋酱。你没吃过洋芋酱吧？洋芋酱就是土豆酱。也不知在哪弄的洋芋酱，罐头瓶身还贴着标签呢。洋芋酱拌饭，咸津津的，有点辣，有点甜。蹲着的、站着的、坐在地上的，端着碗，一个个红光满面，吃得吧嗒吧嗒响。谁知，中饭后，大伙儿上吐下泻，倒地一大片。不晓得是产品过期还是土豆在制作时质量不过关，没有人去追究产品的来源与质量，多数人中了毒，两眼红肿，腿发软，走路打摆子，整个工地都瘫痪了。我也病了，我是带队的，不能起床指挥，也不知该找谁。天高地远，很多人担心拉肚脱水会送命。幸亏我姐夫没吃洋芋酱——他家有五个嗷嗷待哺的孩子,他想带回家给孩子们一个惊喜。姐夫略通医药,穿蓑衣冒雨到九宫山的崖缝挖黄连、黄柏,用搪瓷缸蒸给我吃。吃了几天,我的状况有好转,大伙见有效,都蒸黄连,连续吃了一个星期,我们挺过来了。黄连虽苦,却是救命药材。

老崖尖公路修好后,帮部队架地缆线,从四月初到八月中秋,我们在山上整整待了四个半月。下山那天走到船埠李家铺时,已是黄昏,离家还有十多里地,我们一行八人又饿又累。实在走不动了,见路边有南瓜,顺手摘了一只大南瓜,一人一瓣,生生啃光了。蜷缩在宗祠门口,第二天天没亮,溜之大吉。

1977年夏天,全县大调劳力,修九宫山外喷水公路与修薄刀峰崖石渠道,每个生产队要抽二十到三十人去九宫山修路。我们公社有一千多人参加。各大队为一个连,摆开了三公里长的战线。满山满岭的茅棚就像春天雨后的蘑菇,到处红旗招展,喇叭喧天。修路是一些浙江人在打前阵。他们为什么那么远从沿海跑到我们山区做工?穷呀,他们基本上是以打铁、讨米、修路为生。修九宫山的这条路,是个大工程,我们是义务劳动,而这些浙江人来做事是要给钱的,他们懂技术,是开路虎,在前头山体打炮眼。

我们建中二大队一百多个民兵在中段,我和徐建民副主任负责督促打炮眼、放炸药、点炮,还要注意放炮的安全。山崖又高又陡,都是坚硬的石头,要在山体上凿开一条路,何其困难。先用绳子将人吊下去,用铁锤在崖石上凿开一个小洞,叫打炮眼,再把炮条拢进去,点燃,将人快速拉上来,只听见

"嘭"的一声闷响，山体炸开了一条线。再在裂缝的下头凿一个十米深的大洞，放炸药包。炸药的威力大，火索得好几丈长。每天下午五点下班前放炮，吹哨为号。放炮前留几个机灵人点火索，一点燃就飞奔到安全区。五点，炮眼齐鸣，震天动地。炮声很大，有的没来得及跑远的，耳朵震聋了，听不见，只能打手势，说哑语，几个月才能恢复听力。

为了防止炸开的石头滚落，每隔二百米要安一个炮垛，用松树、黄檀树等硬质木料横竖捆扎在一起，放在炮眼的石头下，找大树桩固定，炸开的石头就地一滚，滚过障碍物，因为受阻，石头不会滚到山底。然后在滚落的大石头上打小炮眼，装进雷管炸药，用泥巴糊住，把大石头炸碎。炮药筒一般是六寸到八寸长，形似烟花筒，再加上雷管的爆破，威力很大。头一天炸开了石头，第二天一早出工就有活干，将碎石打路基、结坎、填土、铺路，一点一点前移，路就在脚下一寸一寸变长，一寸一寸加宽。修路都喊口号，你喊"哟嗬"，我回应"呀嗬"，互相打气、鼓劲。

有一回放土炮，是我与传福他们，共四个人点的炮眼，有四个炮眼等了很久还没响，以为是压瘪受潮的哑炮，我们四人走向前，打算一人拉一个炮出来换炮，一看，火索头红红的，还燃着。"不好，要炸了。"我一喊，四人赶紧趴在地上。就在这时，炮响了。书记在远处看见了，说："完了！这四人倒地，肯定都炸死了。"大炮轰响时，头皮发麻，全身起鸡皮疙瘩，硝烟冲进鼻孔，呛得喘不过气来。事后我们上前一看，一个差不多两吨重的大石块被掀翻，侧倒在炮垛旁，离我们只有三尺远。

好险！虽说当时的标语是"横下一条心，舍得一条命，石山不炸平，坚决不收兵"，但落到自己头上时，还是很惧怕的，大家拍着胸口："真是命大！这是祖宗在暗中护佑我们。"这次修路，我亲眼看见有三个浙江人掉下山崖摔死了。人们说，修九宫山那条路，浙江的民工死了不少，浙江人日后到九宫山旅游不应该收门票。

九宫山公路修好后，为了防止暴雨和山洪冲垮公路，从山脚到山顶直线凿开崖石修一条排水渠，再从一级站龙塘引水到五级站发电。正是这条渠道分流，确保如今上九宫山的车辆风雨无阻，安全畅通。

我们一千多人吃住在工地，七个月没下山。通车后，开庆功大会，畅周公社是以营部为单位，受到了县委表彰。我们文宣村以连队的名义抱回了奖状。你莫看这轻飘飘的一纸奖状，那是流血流汗冒着生命危险取得的荣誉！与现在人年终评先进的荣誉证不可同日而语。九宫山风景区的旅游发展，修路是关键。那些浙江人与我们全县抽调的劳力，为景区做了巨大贡献，"前人栽树，后人乘凉"，他们功不可没。

我当民兵连长九年，每年送两三人去应征入伍，先后为国家输送了二十二个新兵。1979年，成良达参军时体检过关，可他只读三年书，没文化，接兵的赵排长不肯收。我那时是民兵连长，找到畅周公社人武部的陈世强部长，说良达的父亲去世早，母亲改嫁，他是孤儿，哪有条件读书？他的人品与反应能力绝对没问题，我担保，出事我背责任。陈部长听我这样说，就亲自把成良达送到赵排长那里，说："你像兄弟一样带他，要是三个月不能达到其他新兵水平,再把他退回来。"三个月后,对越自卫反击战开始,良达所在的部队被派到前线,良达还立了二等功。

王坳头移民队的徐显松,体检时不过关,说是视力有问题。平时他隔老远与我打招呼,怎么会是近视眼?我带着他去复查,在检查视力时,墙上有符号表,人家点E字是问开口往哪边,他看得很清楚,但不知道怎么比画,乱指一气,这是文化低领悟能力差,让人哭笑不得。我解释后,他再点就准确无误,过关了。

一年一度的征兵,除了体检合格外还要政审过关。当时,有的孩子来自"四类分子"家庭及"反属"家庭,错划成分的都没平反。政审时分歧很大,一些领导担心出问题,不签字。你想,都是一个村庄看着长大的,谁家几间破房、几个亲戚都一清二楚,他们的父辈祖辈都是老实巴交的农民,谁会反动?我据理力争,以辞职相抗衡,将政审有争议者送到了部队。后来,他们有的在部队入党提干,有的退伍回乡安置了单位,有的成了种植养殖业个体户,干得风生水起,回家探亲时还来看望我。

民兵连长不是空头衔,要有实战技术。我们建中二大队有五百多个民兵,其中女民兵有两百人。大队民兵连有四个负责人,连长、指导员各一人,副连长则是一男一女,人员配置与正规部队相同。武器是真枪实弹,存放在大队部的弹药库里。厚铁门,大挂锁。钥匙在我手上掌握,需要的时候就发放给班长、排长。

「文宣逸语」

那时候人民的警惕性很高,"备战、备荒、为人民""深挖洞、广积粮、不称霸""抓革命、促生产、促工作、促战备",村口、墙头,到处都是大标语,谁敢侵犯我们,随时准备应战。我还亲自带民兵在我们村挖过备战洞。

冬练三九,夏练三伏,最能考验一个人在艰苦条件下肌体的抗寒与耐热能力,也能使身体与心理素质在特殊环境中得到历练。每年的三伏或三九期间,人武部要求全县民兵连长参加集训,并进行统一考核。1978年在洪港集训时,在茅田河小山坡进行"单兵战术"科目和实弹射击考核,我获得了双奖。县人武部军事科陈科长让我在大会上介绍经验。公社也相继组织集训,秋后大练兵,抽资格老且业务娴熟的民兵连长讲课并做示范。我们建中二大队的民兵连是公社人数最多的连队,我年轻,初生牛犊不怕虎,加上我这人喜欢钻研,不管哪一项都不愿落后,能写、能干、口才还行,无论是"爆破""射击""战术"科目还是理论知识,每次主讲都要我上台,还把我在集训时写的心得总结,发给大家互相传阅、学习、借鉴。

当民兵连长的九年,是累与快乐的九年,虽没有杀敌立功,确实为地方的建设做了不少实事。和平年代的今天,百姓日子安逸,民兵预备役人员仍然是我国武装力量的重要组成部分,这,是人民的福泽。回望过去,有些日子是需要铭记的!那些年,当民兵连长的我带队先后在畅周港沉、湖畔等地辗转修筑渠沟、围堤、水库的时候,也是全国大兴农田水利设施与大修公路基础设施的重要时期,举国上下,同一目标。我们所做的只是社会的一个缩影。农民利用这些设施,彻底改变了几千年来中国农业靠天吃饭的历史,丰产、高产,农民是最大的受益者。而同一时期修建的公路、铁路等基础设施,更是带动国民经济的有力佐证,我们那一代人,是作出了重大贡献的!

笔 杆

笔,是人们熟悉、亲近且离不开的文具。笔的运用与知识的储备关联,笔与粮食并存,充实人的精神与肉体。没有握过笔的人生,残缺、晦涩、充满遗憾。

在堂兄传杰六十七年的生涯中,最忠实的挚友莫过于笔。笔让他从懵懂无知的幼童,变成横平竖直笔笔入心的少年;笔又让他从热爱书法的青年,跳出农门,镀上光环,成了一生衣食无忧的笔杆子。笔杆从其本义上的竹管和兽毛制成的软性书写工具一跃而成一个人一生颇为得意的称谓与头衔,是笔的价值最大化,也是让人称道与崇敬的理由。古时侠士持一剑而闯天涯,纵横捭阖,风云际会,今日传杰在访谈中回味"三杆",亦是一个赤子抱拙守真在精神净土深耕的坚韧。

我这里说的笔杆,不是用笔写了多少文学作品,而是通过不断学习,用笔书写了人生的精彩。

1971年春,教育改制时,我上高中。父亲已去世六年多了。寡母含辛茹苦供养我与弟妹上学,我能回报的唯有学习。用现在的话说,没有伞的孩子要学会奔跑。我就读的洪港第五中学高二与高三开设了俄语课。老师说,从五十年代起,中国就掀起大规模学习俄语的热潮。山村的中学能普及,大中城市就更早了。像我们这样的土巴佬,对外国语言很感兴趣。上课时多数老师不会讲普通话，基本上是方言教学，这回来了个年轻的俄语老师，呜哩哇啦，我感觉他特别牛，学起来也用功。我能用俄语造句、写信，一个班五十四个同学，有十多个能用俄语造句的。

上高中时，我语文成绩好，楷体钢笔字写得工整，学校每半个月出一次黑板报。传财是班长，负责版面与插图，他也是我们同宗的堂兄，我负责稿子和粉笔板书。内容无非是学校的好人好事、历史故事、励志故事、名人格言。每出一期，同学和老师都来围观。学校开设公开课，抽选四名文科成绩较好的同学在大操场试讲《杨水才》一课，我上台讲第一课时。我不像老师讲课那样按顺序讲，而是先揭示课文中心思想，指出文中探讨的内容，引起同学的注意与思考，当众背诵课文，解说重点词语和段落大意。事后，语文教研组组长李光胜老师对我竖大拇指，说我有想法，敢想敢干。

1972年我高中毕业，回到了家乡文宣，与大哥一起做农业挣工分。才过半年，洪港五中的邓昌霞老师代表学校领导上门请我代课，教初二(1)班语文。那时候我意气风发，记性又好，备课时将课本内容记得滚瓜烂熟，连标点符号都记得。学着我的偶像梁勋昌老师的样子，上课不带课本，夹两支粉笔，在黑板上写板书，同学们听得津津有味。

代课是一天一元钱报酬，算是集体经济"出公差"。每月交20元给生产队的会计记工分，10元留作伙食费，买菜、车费等开支。为什么要上交三分之二的收入？因为我满十八岁了，是公社社员，应该与队里的其他社员一起出工。当时10分工价值

0.42元，我交20元，平均每天是0.67元，而一个劳动日最高是10分，因此就给我记10分。我们队人多口阔，生产队是巴不得我们外出工作，增加收入的。其实，不交钱或少交钱也行，但没有工分，分不到粮油就要饿肚子。

想起读初中那年，大冬天，寒风刺骨，陈焕卿老师见我两肘外露，嘴唇乌青，就将身上的棉衣脱给我穿。读高中时，梁勋昌老师见我在教室里冻得瑟瑟发抖，就把仅有的一件短大衣给我穿了半天。穷教书匠，上有老下有小，他们的日子也不宽裕。两位仁德恩师不光是传道、授业、解惑，也教会了我日后要常怀施恩与感恩之心。多读书是有益处的，所学的贮存在脑子里，为人之道与书本知识，烂不了、臭不了，只要有机会，定有用得着的地方。现在的小孩子，很多不喜欢看书，也不体恤父母，每天抱个手机打游戏，一些孩子小小年纪就戴上了近视眼镜。我们那时候，一放假人人都回家帮忙干活，一个班五十四个同学，没有一个戴眼镜。唉！

我喜欢看书，中外名著，天文地理，易经八卦，都看。

1984年，我进了乡政府党办当秘书。乡政府的正式工是每月八十元的工资。我是临时工，一个月是四十元。改革开放后，全国都在改制，畅周公社改建成畅周乡，大队改成了村。乡政府工作千头万绪，最先要整理档案，自民国初年以来的建乡档案。31岁的我，正是精力旺盛的时候，爱人与孩子都在老家，没有后顾之忧。整理档案是很枯燥的活，要耐心、细致、耐得住寂寞，不能怕麻烦，更不能急于求成，把历史档案弄错了，就是千古罪人。登记、核对、做笔记，分门别类，除了吃饭和

> 文宣逸语

上厕所，我几乎足不出户。日夜奋战三个多月，才把全乡的档案理清楚。

档案总体分为五大类：政治、经济、军事、文化、群团（组织）。按行业分为工业、农业、企业、特产业、畜牧业、第三产业等。以年度分科目归类，每一大类分若干小类，编码存档。人家笑谑说我"坐地日行八万里"，是"捡草药的""打油匠""打鞋底的"。

"捡草药的"是说我将不同的材料找出来按类型汇聚到一处，就像是中药房捡草药一样；"打油匠"是说我大热天在房内整理八十多年来沉积的材料，资料有的变黄、有的泛黑，缺角少页，要抹扬尘、拂蛛网，灰头土脸，汗流浃背，就像在又闷又黑的油榨房打油的工人，脸上、身上脏兮兮的；"打鞋底"是在装订的时候，将材料一摞摞上下左右对齐，用大钉子在左侧分上中下打三个洞，再用大孔针穿棉索沿着洞正反回线，扎紧、扎牢，那样子就像妇女纳鞋底。嘿嘿，无非是说我在故纸堆里的工作情景。

整理好的档案，县、区两级档案工作人员要下乡抽查考核。他们随意抽出一份资料，要求在两分钟之内找到该文档在哪个类型哪一项哪一页，是什么内容。我必须按书名在编号索引里尽快找出。这些都是我亲自经手整理的，自然一清二楚，对答如流，有时只一分半钟就能找出来。检查、验收合格后，捆好，码堆。三个月后，整理好的资料共计八百余卷，整整码了一大墙。近几年的档案留着备用。永久性、长期性、短期性的装了六蛇皮袋，我分三次步行十里挑到塘下车站，搭班车送到通山县档案局保存。当年我被县档案局评为先进工作者,以后又委派我在燕厦乡政府帮忙整理升级档案。

不久,又有新任务,编写《畅周乡全宗简介》,要收集畅周乡的历史背景与由来,这是个难点,也是个新点。涉及古今人物与事件,需要广泛调查。我暗下决心,沉下心去查找资料,拜老前辈为师,终于写成。上报后,石则推书记看了很满意。此后我就专门写材料。

说确切点,党办的秘书不好当,主要是了解党委的日常工作,跟踪领导的动向,写相应材料并安排到位。稿子分为向上级领导汇报一段时间内的工作情况,在当地召开现场会资料,部署下一步的工作等。秘书要有高度的觉悟性、敏感性、敏锐性,要有超前意识,时时关注社会新闻与上级部门的工作方针、政策,领会领导意图,提炼要点。力求语言精练简洁,叙事条理清晰。有时候在煤油灯下赶写材料,一直到深夜,两个鼻孔都熏得黑乎乎的。没有加班费,肚子饿瘪缩成一团,是一杯茶、一包烟陪我度过"拼命三郎"的孤寂。有时煞费苦心熬夜写出来的材料,早上递给领导,领导一皱眉,又得重写。这,很考验一个人的文字功底和道德修养。怀才就像怀孕,时间久了才能让人看出来。

在二十年的文秘生涯中,我由党办秘书升任党政综合办主任兼政协秘书,前后跟随了八个书记、九个乡长。先后为畅周、杨林、燕厦乡等乡镇领导干部和政府职能部门负责人七十多人写报告。人怕出名猪怕壮,一时间,党代会、人代会、政协换届会、妇代会、团代会、三级干部会、现场会、年检汇报会、

> 文宣逸语

庆典会、追悼会等,都来找我。乡镇一召开大会,我责无旁贷,写发言稿、标语、口号、对联,布置会场、安排会务伙食等等,全方位跟踪服务。用现在的话:老实人,包做事。

不瞒你说,那时候的基层领导有些是靠自己的本事升职,有些是靠顶职或走后门升职的,不像现在,逢进必考,各职能部门对领导层的年龄和学历都有要求。我给他们写报告材料的时候,要针对领导的文化层次写,文化水平高的,可以写得文艺性强一点,洋洋洒洒,他念起来酣畅淋漓;对文化水平不高的领导,只能写简单平实的语言,若是文绉绉的,他们有的字不认识,念起来结结巴巴就丢人现眼。我开始写汇报材料的时候,不知领导内情,按自己的思路写。有几回,我在台下听,个别领导将"红彤彤"念成"红丹丹","铿锵玫瑰"念成"坚将玫瑰","傀儡"政府念成"鬼田"政府,搞得与会者丈二和尚摸不着头脑。难字认半边,或者认不来时声音放小一点,在喉头一滚而过,人们领会后,脸憋得通红,前仰后合,但不敢笑出声。有的最终憋不住,"噗嗤"一声,大伙儿都跟着笑。闹了几次笑话后,我再写报告时,写一行,空一行,难一点的字在下面标个同音字。那年头,没有打印机,都是手写材料,要用正楷字写一万多字的报告,一笔一画写工整,不能潦草,真是花费时间和精力。文化要靠平时积累,领导要是没文化,别人表面上恭恭敬敬,背地里会给他取绰号。

除了正式工作之外,有的领导和同事相信、器重秘书,连家里的事都请秘书帮办。儿女结婚、父母做寿、亲人逝世、建房子、过新屋、孩子上大学等红白喜事,一马当先,秘书成了

"房头户老"。有一次，一个乡长上半年嫁女是我一手操办，年底过新房又让我写请柬。秘书工作是一门大学问，方方面面都要照顾到。

八十年代中期，畅周乡党委办秘书、档案员、民政员、土管员都是我一个人，一个农民执掌七枚公章与书记私章，在现在看来，是个神话。

八十年代的口号是，到大学去，到夜校去，到能拿文凭的地方去。我也沾光，到了能管饭发工资的政府去。

1984年8月，通山县民政局局长李平一行在畅周乡政府办点，解决1955年来未落实政策的问题。我当时兼着民政员，要针对在"文革"期间取消烈属牌的，被打成反革命的，被改组派错划成"四类分子"的，战场牺牲未被追认烈士的，等等情况，一一核实。对基层群众报上来的疑点、难点、分界点，走村串户，多方取证。外地嫁来的、本地出嫁的烈士女儿和改嫁的配偶也要查清楚，同时调查、核实第二次国内革命期间的老红军情况，最后，落实350人为烈士，老红军15人，直系烈属196人享受抚恤金待遇，每人每月20元，老红军战士每人每月12元，均发抚恤证和生活补贴证。钱虽不多，是给烈士的褒奖与亲属的慰藉。徐炳植原籍是港口，在江西横路战场牺牲，未被追认烈士，其子徐善文由燕厦乡港口村移民到文宣村，他是"四类分子"身份，1979年底已摘帽。我了解情况后，及时办理烈士手续，报备县民政局。不知情的人说"反属评烈属""四类分子当烈属""义勇队评红军"，说我乱弹琴，我理直气壮："那些年的冤案错案已经太多了，要实事求是，拨乱反正，不能瞒上欺下。烈士们在前线已流血牺牲,他们的子女还要蒙冤受斗,我们不能昧着良心做事,让忠良死不瞑目。"

再说下收编铁罗山。

1992年3月,为响应省委提出在三年内开荒造林的号召,寨头村组织全村干群在铁罗山的蜡烛尖山头开荒。此山两年前原本已由铁罗山村民栽了松树与杉树,长势正旺。寨头村领导见这片山在106国道边,为了功绩,一声令下,非要将这片山重新翻地栽种板栗。出兵不由将,开荒干群将该山的松树与杉树,砍的砍,拔的拔,一扫而光,连树根都挑回家当柴火。铁罗山人看在眼里,气愤难平,与村干部理论,然力不敌众,只得眼睁睁看着辛苦开垦的劳动成果付之东流。夜间,在组长的带领下,铁罗山全组民众连夜打电筒上山将村里种植的板栗树砍光。得到消息,乡政府领导火急火燎地赶到实地考察,见满山满岭的板栗树苗无一幸免。党委书记大为光火,即刻通知乡派出所带领一干人开进铁罗山,家家罚款。将组长等三人押送通山公安局,关押在看守所,一时间,闹得沸沸扬扬。一个月后,驻乡的常务副县长与县法院院长一行上门座谈,村民怒目相向,群龙无首,此事不了了之。村里派义务出工亦是无人前往。一年半时间,该组欠村提留款4380元,应出义务工5000多个,按每天1.5元得出7500元,组里共计要上交11880元。村里下来催讨,无人搭理。一时间,铁罗山成了组里无人管,乡村管不了的"独立王国"。

到了1993年9月,全县要扩宽106国道,寨头村局部实行改道,全民参加修路。村委会有意把难度较大的一段留给铁罗山（7组），可该组的组长三人尚在公安局关押。一个星期过去，寨头村其他小组村民都干得热火朝天，分派给铁罗山的路段无人参加。乡党委心急火燎，立即召集乡领导杨裕信、王平和、陈绪鹏、徐唐明四人开会，讨论解决铁罗山的问题，四人束手无策，异口同声：难！

我在一侧记录，想到文宣有侄女嫁到铁罗山，铁罗山也有女子嫁到文宣，常来常往，沾亲带故，从她们着手，起码不会赶我出门，应该不难，我去试试。即刻主动请缨："这个组交给我。"领导大喜过望。

我成了临时下派的组长。第二天进驻铁罗山，一家一户去敲门，村民一见是乡政府的，脸上黑出水，闭门不让进。我先召集组里骨干四人开会，让他们组织觉悟较高的八人开会，逐渐扩展到家家派代表的四十八人，连开了五场会，倾听他们的心声，化解他们的敌对情绪。白天挨家挨户走访、记录、开导，晚上整理文字写成材料，将村民一贫如洗的现状向乡政府报告，向上级争取补助。很快，上级对铁罗山发放了两千斤大米，给救济款，并免除了村级义务工与提留款。这一举动感化了他们。他们放下包袱，轻装上阵，加班加点抢修公路。人心齐，泰山移，最终提前完成了任务。

一转眼，改革开放十多年了，我在乡政府上班已十年，还是临时工，每月文化站工资是42.5元，乡政府补助30元。上有老下有小，一家人眼巴巴等着那点工资开销，入不敷出，我压力挺大。老伴一个人在农村干农活、管孩子、做家务，我终日在乡政府加班加点帮不了她半点忙，她说我"拿着卖白菜的工资，干着总理的活儿"。我当时兼任文化站站长。考虑到我的收入与付出严重不对等，县文化局人事股长吴展鹏为我解决了一个省文化厅下达的全民非农户口指标。转为正式工的前提是非农户口，即吃商品粮。一张纸片决定一个人的前途和命运，转户口需单位接收证明、大队迁出证明，公安局盖印，粮食局按级别定量供应粮食，如此种种，很是繁琐。转不了户口，则不能转正，一直是临时工，工资待遇差别可大了。转成非农户口，是很多农家子弟望眼欲穿的祈盼！

我上交公安局250元户口费，粮食局106元粮油费后，拿到了梦寐以求的非农户口本与粮油供应册。转为正式工的最后一关是考试。凭借考试录用国家公务人员是多年的国策。当年，我考了202分，录取线是200分，按理，我能顺利招工转正，可名额有限，我被刷了。1993年，乡党委领导十分同情我的境遇，专程为我写报告送通山县常务副县长审批，1995年3月，以文化站名义，正式招我为事业单位编制职工。华先顺乡长按政策规定在政府经费中为我解决了一半（1200元）的招工费用。此后，我每月工资是165元，由财政局下拨。时至今日，感谢政府，让我到了老年，在农村还能领到每月3000元的退休金，真是感恩戴德！

根据多年的办公室经验，我认为办公室工作人员的工作是上下兼顾，总结起来无非是秘书与文书的关系、信访与回访的关系、接待与招待的关系、交办与督办的关系、文案与档案的关系、通力与合力的关系、会务与服务的关系、参谋与参政的关系、职能与功能的关系。我细细剖析了这些关系，整理成万余字的材料,分发给办公室同事。你还莫说,大家赞誉有加,说是指点了迷津,少走弯路。后来,乡里经常组织开培训班,让我给村文书、乡直单位、政府职能部门负责人讲"行政公文"等各类专业知识要点,将我摸索、总结出来的经验学以致用,这是对我最大的认可,也能使人产生成就感。

这些年,我在办公室和文化站工作岗位上先后参与编写了不少家乡的地方志、史。从2016年开始,我着手编写《文宣族史》,并且收集从文宣宗族始建以来三百多年的历史资料,包括历史沿革、分支迁徙、重大事件、重点建筑、人物传奇等等。三十多年来,我用一支笔,服务于基层干群,还原历史真相,为地方造福,你说,这能不能算是笔杆人生?

锄头杆

锄头是农人一年四季不可或缺的躬耕工具。挖地、下种、锄草、收割,有土壤的地方皆离不开锄头。鄂东南山区,田少山多,锄头的使用频率高,农人在介绍职业时,自诩是"捋锄头柄的",锄头成了农民身份的代言。

晨起,拉开院门,庄稼人肩搭汗巾、扛一柄锄,出门。锄刃锋利的金属片,在晨曦的照耀下折射出红彤彤的光。举锄,茅荆杂草折臂断足,伏地称臣。一锄入土,沙砾土坷,争相让道。此时,锄头是所向披靡的利器。日上三竿,人亦面如赤枣,气息不匀,锄柄汗湿。遂将锄头柄竖起,以手撑之,抹汗,短憩。或将锄头平放,与砂石相亲,人坐于木柄上,取下腰间烟袋,猛吸一口,缓缓吐出,看白雾追风飘远或遁入泥土,神态安然，此时，锄头是可倚可坐的用具。日正午，饥饿来袭，肠胃叽叽咕咕，抗议声不绝于耳，人的精神头也渐次委顿。看着脚下新翻的大片土壤或庄稼，笑意漫上来，扛着锄头，返家。锄刃在烈日的直射中，白晃晃的，人与锄的影子合为一体，这时的锄头，是形影不离的忠实伙伴。秋至，去偏远的山地挖红薯、落花生，碗口大的红薯带着对沙土的无限眷恋，被请出土地，肥头憨脑，透着诱人的清香，享受秋阳的抚摸。一串串花生被角锄从土壤捞出，饱满的颗粒正低头诉说对大地的爱恋。野猪、野鹿、野兔从山之深处闻香而出，它们的出没形同熊出没，从稀稀拉拉的青苗到果实拱出地面，它们强忍胃腹的饥渴，等待这饕餮大餐，已等得太久。瓜熟蒂落之时，它们以风卷残云之势对满地青藤实行攻城略地，所到之处摧枯拉朽，果蔓狼藉。农人抄起锄头挥杆驱逐，在与野猪、野鹿、野兔的抢夺战中，锄头是进攻的武器，也是防守的装备。

　　农人在土地里刨食，与树根、芭茅、野草争夺地盘，借助金属的力量，使之倾覆、灭族，而不至于卷土重来。锄头，功不可没。

　　我常说，农民是伟大的先师。农民离不开三尺六寸长的锄头柄。我六岁与小伙伴去山包捡干柴，捡栗子，捡蘑菇。上小学便担脚粪，摘菱叶，割老茶叶，跪在翻地的牛尾后捡红薯。初中时，跟着"妇女大军"栽田、耘田、种麦、收麦，被称为"男妇联"。高中期间，礼拜天与寒暑假除了砍柴，还要帮母亲舂米、压面、磨薯粉、种菜园、下薯种、挖红薯，能脱手的自己做，不会做的农活，就给母亲与哥哥打下手。我们那个年代的人，为什么从小劳作，听从父母？一是从小不娇生惯养，二是对父母有敬畏之心。有了敬畏之心，就会体恤他们的不易，孝顺孝顺，要行孝还要顺从。农人教育孩子很少说教，身体力行，言传身教。孩子实在顽皮的，拿锄头柄勒（方言，意同"揍"）几下，孩子就敬畏了。嘿嘿，又扯远了。

在三十岁以前，我是地地道道的农民。农村所有的锄头我都会使用，对锄头的认知是利用杠杆原理操作。锄头可除草、松土、翻土。不管种哪种农作物，都需农人抄起锄头进行纯手工劳作，辛劳、费力、效率低。

对锄头记忆最深的是1976年，我在王坳头移民队驻队，与农人同吃同住同劳动。我们在二里外的杨家山开荒，杨家山是岭背的大山，用柴刀和锄头，在深山老林里躬身撅臀，除根掘土，脸上黑汗直流，锄头柄血迹斑斑，如此三十多天，方挖出一片厚土，栽种山茶，套种红薯、黄豆。若干年之后，山茶树已蔚然成林。

平时，山区一年只种一季稻谷。那年，为了抢种双季稻，我们积农家肥，挑老塘泥，担牛粪，田坎锄到屋檐高。民间有谚语"两土一和，一年好禾"，底肥足，收成就高。在"五一"前黄金时间下种，"敢教日月换新天"。早稻收割时，争分夺秒，所有人齐上阵，五天之内将二十亩早稻全部收割完，三头耕牛同时犁田耙田，仅仅十来天，抢在日光照射最多的"八一"前，将晚稻秧苗全部移栽到水田。协力同心出成果，早稻，亩产实打实地达到了八百三十二斤，超过了亩产八百斤的指标数。晚稻也不错，亩产达到了五百四十斤，一举扭转了"生产靠贷款、粮食靠供应、生活靠救济"的被动局面。从那以后，移民队再也不欠粮债了。这是锄头柄产出的硕果。

1997年，我在乡政府工作期间，四城片区三个村试点种植烟叶。乡政府抽调我和程时康、成良富三人带领恩施土家族的三个技术员，订立合同一千五百亩的生产任务。从上山头选址、开荒、整地、播种、间苗、除草、施肥、治虫，到筑烟房、烤烟叶、卖烟叶，一条龙指导。我有时吃在山上，睡在烤房旁，与六旬开外的烟农倪承炳老人结成了忘年之交。那一年，依靠一柄锄头在土地里精耕细作，烟叶得以大丰收，为乡政府增收返利三万五千元。并为江家村争取到县烟草局扶持公路款一万元，修通了从山脚到船窝地塘两公里的盘旋公路。县长余泗林在属地碧水村的琳公祠召开现场会，乡党委梅光荣书记喜不自胜地做经验介绍。这是锄头杆创出的奇迹。

2014年，杰哥完成了一个公民对社会应尽的责任，光荣退休。回到家乡，拾起锄头，捡拾旧时的记忆。

如果说他有点先见之明，那是早在三十年前，为了发展庭院经济，装点家园，他购买秧苗，在房前屋后，退耕还林，栽楠竹、杉树、板栗树、山茶树、棕树，同时栽麦冬、绣花针、杜仲等中药材。每年割草、施肥，护林育林。从以前"三年不见树"的光秃秃山包，到"五年不见人"的茂密树林，没有人知晓他付出了多少。如今，春天，竹笋成林；秋季，板栗果实累累，枣树挂满红灯笼。他让退休后的日子有了田园般的惬意。

他在一个人的村庄里有忙不完的活。种红薯，种玉米，种稻谷,种四季的菜蔬。白天,扛着锄头打地垄、除草、松土、施肥。在土地里深耕,与锄头同呼吸。侍弄自家五亩田地,感觉日子太过悠闲,又租赁了八亩田地。一双青筋暴突的手向田野、向坡地索取,年产稻谷万斤左右,每年收成红薯二三十担,还种有小麦、玉米等农作物。一年下来,光是稻米一个人十五年都吃不完。这,是四季付出的回报,也是锄头的功劳。累了,慰问鸡、羊、猪。猪也挺争气,年初捉的猪崽儿到年关已膘肥体壮,子女春节回家时,大快朵颐,还能带点腊肉回城。鸡、番鸭产的蛋,自给自足,他甚至担心其衍生过量胆固醇影响尚健康的体魄。

三伏天太热时他会歇一下,清除门前公路两旁的茅草,清理排水沟,上远山挖草药:天竺、黄柏、三角枫、黄珠子、淡竹叶、茵陈蒿、矮脚茶、野菊花等,这是天然氧吧里的珍贵药材,有的清热解毒,有的舒筋活血,有的健脾养胃,都有养生功效。自己留用一部分,余下的送邻居、亲友、以前的领导与同事。聊聊往事,联络感情。

偶尔,给本村与外村贫困户、低保户、五保户、异地搬迁户写申请,为本地项目建设争取扶贫资金写报告,等等。也会给慕名而来的人写对联、碑文、祭文、追悼文、祝寿文及参与红白事应酬。间或,参加家乡公务与宗族活动,带头捐款,不遗余力地为家乡宣传,尽绵薄之力。

"不讲吃喝,不论穿着,不修边幅,我行我素",杰哥的人生信条与当下人追求物质享受的思想大相径庭,而他的"不贪财,不吝啬,不行贿受贿,不赌博"的人生准则放在远古、当下、未来，依然让每一个人自律与受益。"耕读传家"是文宣成氏祖先的遗训，能自觉传承家风，是处世通达的一种态度。忙时侍弄稼穑，闲时读读闲书。时事政治、历史小说、易经风水、人物传记、中草药书等，在他的指尖下行云流水。

从少年丧父的苦孩子，到青年背着枪杆的"公差头儿"，中年耍笔杆的"香饽饽"，老年回归故土的"锄头柄"，杰哥的三杆人生是一个时期的社会缩影，亦是六十年来的真实写真。在逆境中拼搏，在安乐中坚守农民本色，有苦有乐，有失有得。如今，有锄头，有书籍，清风做伴，明月相随，较之陶公的"采篱东南下，悠然见南山"，杰哥的日子亦是怡然自得，踏实安详。

2020 年 3 月 1 日

第三辑　文宣·人

娪正嫂

细细灯盏细细熬，说的是农人的生活状态与处世观。

小小的油灯，细细的灯芯，灯光不太亮，但足以看清一屋内的物件。

油灯分茶油灯、菜油灯、煤油灯。茶油是山茶籽压榨成的纯天然食用油，点灯时，室内有清香，用于照明是奢靡的浪费，庄户人家极少当燃料用。菜油多用于点祠堂前的长明灯或白事时守夜用，一根淡黄的灯草，卧在平底的铁瓢里，黄幽幽的菜油泡着，如陈年的谷草，灯花红红，灯影如豆，一截灯草烧完了，用竹签拨一拨，瞬间亮堂堂。

油灯是妇人的贴心之物，省煤油菜油，省灯草棉索，紧巴细捻，节俭有加，过日子就得细水长流。

细细灯盏细细熬，是大智慧。有"常将有日思无日，莫待无时思有时"的处世哲学，有"守得云开见月明，静待花开终有时"的通透。

细细灯盏细细熬，是娪正嫂的口头禅。

娪正嫂是堂兄瑞哥的妻。我幼年时，祖上留下的老屋是一进二重，高峰时住了八家人，娪正嫂一家四口住在下重的一间正房，与我家一墙之隔。娪正嫂圆脸，黑密的齐耳短发，双眼皮下的大眼睛常年眼泪汪汪，两侧脸颊受泪水的侵蚀，日久成黑褐色，秋冬时节皲裂成一道道细小的裂口，她撩起衣襟擦眼角的泪水时，眼角的皮肉与裂口常是红的，让人感觉皮肉里隐着痛。

老家文宣是礼仪之乡，家乡人出门都惯于与人打招呼，按长幼连名带辈分称谓。多数时候，是晚辈主动尊称长辈，譬如迎面看到平时不甚讲究却穿着工整出门的：阿本公，一大早去走人家呀？在田塍看到手持柴刀、肩挂扁担柴夹的：阿用叔，今日到哪座山砍柴？平辈间问候亦是连名带长幼：金丹嫂，又去洗衣啊？被问者必热烈回应。一来一往，一问一答，人与人之间的亲和关系得以维系与加深。倘若晚辈见到长辈不打招呼，或平辈打了招呼没回应，就会被视为不恭或没家教，被家人责骂。瑞哥从小患中耳炎没得到及时医治，两耳发炎化脓日久导致耳背。听力有障碍，人的底气与声音便低了许多，当村里人与他打招呼时，他听不清就弱弱地自语式回应。婠正嫂见状，一瘸一拐地抢跑到瑞哥前面，脸上每个毛孔瞬间溢满笑，对着来人："阿瑞耳朵聋，您老大人大量，莫怪。"她的眼睛看着对方，谦卑里是诚善的歉意。

婠正嫂是公认的苦命人。她嫁给瑞哥时是用一顶竹轿抬来的。那年，她十八岁，躺床上不能下地已近六年。

她是家里的第九个孩子。九个兄妹中仅存活她与四哥，二人凑成了父亲眼里的"好"。她母亲四十多岁怀上幺女，满怀期待却心生忧虑。接生婆说婠正嫂出生时就像只营养不良的小猫，手指如火柴棍，哭声低，气息弱，家人担心其不能成活。她一出生就病不离身，因当时医药不发达、护理不周，留下了终生病根。

她已经记不清幼年时患的何种病,只记得一根银针在她稚嫩的肩头与颈部扎了无数个孔。起初扎银针的时候,她父亲抱着她按住她的头不让哭闹,后来,赤脚医生一进门,她就寻一把有靠背的椅子,两手用力撑握椅背,闭眼仰头,不哭不闹,任由医生从脖子前端、后端及两侧扎针。她边跟我说着,边将头发撩开,露出短而粗的脖子,昔日扎针处随着年轮的加深,成了青青点点的印记,密布在天容穴及肩周,脖子亦有一簇簇皮肤粘连的瘢痕。

"我一岁半时姆妈病逝,是哥哥将我带大。别人家的孩子七岁上学,我从小生病,我爷以为我与其他七个孩子一样活不长,没打算送我读书。那一年,队里的教书先生看我整天在门口望着其他孩子上学,问我几岁了,我答九岁。他牵着我,劝我爷让我上学。我爷扳着指头算,说,哟,真有九岁了!

"我破蒙时比同学大两岁。心里暗暗发愿,要用心学。同学在玩,就我一个人背书、做算术。每次期中、期末考试,语文、算术我都是一根筷子插两个蛋,100分。"说起往事,她的嘴角有了弧度,粗大的嗓门儿"哈哈哈哈"笑出了声。

"我只读两年半书,三年级下学期,读不成了。

"十一岁那年的下半年,我又得了一场大病。腿脚是软的,浑身无力,整天躺在床上,不能行走。家人喊我亦不能回应,大家以为我不行了。谁知,大我十六岁的哥哥摸我心窝还有一丁点儿热气,他说,我要是死了,他就没伴了。他不放弃!他四处打听民间的郎中,听说这个病文宣的善文公治好过。我哥那时身强体壮,从港口步行四十多公里一路奔到文宣,把善文公请来。说来也巧,我活过来了,可耳朵听不见,右脚的踝骨开始红肿,慢慢地,破皮,出血,肉一块块地烂,骨节处烂成九个小洞,成了九个凹槽,一走一瘸。走路时骨头缝里痛,像是老蟹(螃蟹)紧夹着,痛得钻心,每走一步身上就爆汗。腿脚伸不直,多数时间只能躺着。这一躺,从十三岁躺到了十八岁。

"村里人都说我是撞到了鬼,是鬼射箭射中了我,将我的脚射了九个眼。我爷攒一点钱就四处给我治病,中医、西医都治,就连迷信的方法也用。我的病拖累了我哥,他婚后一穷二白,也拖累了我爷,我爷后半生再也没有找老伴。

"善文公说,我的病是他治好的,是他救了我一命。为了以后治病方便,让我嫁到他的家乡文宣去。传瑞是他的亲房侄孙,他到传瑞家说了我的情况。传瑞从小没了娘,父亲是所谓的'四类分子',一个弱书生,不会做农活,'文化大革命'期间经常被带去批斗做检讨。传瑞是老大,耳朵背,个子矮,兄妹五人常常吃了上顿没下顿,自家这么穷,还能选个什么样的女孩?能找个残疾人结婚,留个后,能传宗接代也算对得起祖宗了。传瑞家送了几斤肉、两段布算是定了亲。选个日子,用简易竹轿,把我抬进门,这样我就成了他的新娘。"

说起往事,一丝羞怯与苦涩在婠正嫂眼底浮起,她捋捋头发,脸上很快泛起了笑意。

从此,文宣多了一个特立独行的矮胖身影。

传瑞有四个弟妹,当时最小的才四岁,一大家子的饮食起居全靠她这个女主人一手操持。长嫂如母,她不惧,亦无怨气。

水井边，其他少妇挑着水桶健步如飞，她两手紧握搪瓷盆两沿，一脚高一脚低，一走一荡，盆中水一路亲吻她的裤管、布鞋以及她走过的路面。淘米、煮饭、洗菜，正常人家挑一担水能用两天，她做一顿饭拐进拐出弯腰弓背得让瓷盆与水井对击四五次。

　　婚后三年，她先后有了两个虎头虎脑的儿子。繁重的家务落在她肩上。天晴时，她一大早提着满满一竹篮衣服到溪边，洗衣处离地面一米多高，无台阶，她提着篮子无法顺着洗衣妇踩踏出的凹槽溜下去，只得将衣服一件件往下丢，碰上有人在溪边或挑水路过，乡邻会主动帮她将竹篮递下去。洗净的湿衣服提回家对她来说是一件费力的事。我幼年早读回家吃早饭，常见她一手提篮一手撑腰，走几步，歇一下，有时，她将扁长的竹篮横着抱，低头躬身，步履蹒跚，每每胸前与下摆润湿一大片。

　　做饭的时候，是一栋老屋最热闹的时候。上重主屋左侧的成健叔是二十世纪七十年代国家实行计划生育政策时第一个响应的模范，当时他在供销社上班，夫妻二人一工一农，养育独生女儿，他家常有猪油香。我父亲当时也是村里少有的穿四个兜的"国家的人"，儿女众多，我们一放学就打猪草，家里每年都养有两头猪，一头留着过年，一头在五黄六月青黄不接时杀掉卖肉，留点猪头猪脑与厚厚的板油，母亲将板油切成小块，置于陶罐，装一层撒一层盐，板油不腐不臭，可长久储存。炒菜时，攥两块丢到烧红的铁锅，"哧溜"一声，油烟微起，以锅铲压住板油，沿着烧红的锅底转一圈，满屋皆是肉油的香，指头面大的板油顷刻成了焦黄的一层油皮。那时,家中常常是大我四岁的三姐做饭。顽皮的三姐看着蹲在火炉边眼巴巴望着的我与弟弟,将油皮用竹筷揲起,在我面前晃一晃,等我张大嘴,快挨到油皮时,她将筷头一转,送到弟弟面前,弟满心欢喜,伸长脖子张口去接,她以迅雷不及掩耳之势将油皮往自己嘴里一送,唇开,吸吮有声,我们在一旁暗自咽下无数口水,心里又生气又恼恨。忽听门外窸窣有声,转头一看,婼正嫂胖嘟嘟的俩儿一高一矮也出现在门口,目不转睛地盯着我三姐的"表演",见我们回头,他们笑着跑开了。

不能下地挣工分,婼正嫂就守在家里,浆衣洗裳,缝缝补补。在布匹凭票供应的年代,即便有布票,她也只能东挪西借将布买回,没学过裁缝的她摸索着自己裁剪,一家人的衣服都是她一针一线手工走线缝成。

"村里的裁缝做一件衣服的工钱是两分钱,两分钱能买一包盐了。我那时煮菜都没盐,长期缺盐,脚与眼睛都是肿的,心慌,走路打晃,孩子在长身体,特别想喝点盐水。家里没得经济收入,能省一个是一个。一家八口,就两个能劳动,别人吃米饭,我连红薯都没得吃。

"有一年过年,你爸回来,我在门口看到他肩头一木棍上挂着一条大青鱼,走一步,鱼尾巴就在你爸的后腰晃一下。我虽生长在河边,但一辈子都没见过那么大的青鱼,我想,要发狠送孩子上学,将来像你爸一样也分条大鱼。那个春节,我的耳朵格外灵敏,每次都能听见你家煎鱼时下油锅哧溜的声音。鱼起锅的香透过窗户传到我家里,家福、家秋两个小崽子端起碗想蹭到你家门口,我一把赶过去将他们拉回,关上房门,说:崽吔,咱家连盐都吃不起,还能指望有鱼有肉有油水?能有口红薯填肚子饿不死就是福了,莫看别人家吃香喝辣。细细灯盏细细熬,埋头靠自己,低头靠自身,等你们长大了有出息了,天天吃鱼吃肉。"

  冬天,是庄户人家最难熬的时节。山村的夜里,寒风四起,滴水成冰,草垫、棕垫、稻草都成了卧榻下的取暖物,仅有棉絮与棉质物通过廉价的棉线缝成方方正正的被褥,在马乏人困的夜间,阻隔冰冷的空气,竭力捂暖那些瑟瑟发抖的嶙峋瘦骨或虚浮肿胀的躯体。入夜,梦正酣,我常被一墙之隔折断干柴点火生炉声惊醒,间有火的爆裂声,随即,家中传来窸窸窣窣的翻身的声音,母亲睡意蒙眬地嘟哝:"唉,媏正肯定是睡不暖睡不着,又起床生火烤火了。这会,在火炉边补衣,补鞋,补袜,眼子要瞎了哟!"

  母亲搛半碗板油,又倒上半碗盐,跨进了媏正嫂的门。

  "娘吔,又送东西给我,恰了要落头发的。阿香娘,不能要!真不能要!"媏正嫂在粗布衣上擦擦手,双手伸向前急切地推辞。母亲径直走到火炉边,一把将盐倒进她家空空如也的罐头瓶盐罐,她这才颠着脚跑向简易吊柜,取出粗瓷大碗,喜滋滋地接过板油。

  从1970年嫁到文宣,自称三十年没吃饱过肚子的媏正嫂终于在二十一世纪迎来了她的高光时刻。

  长子家福在北京从事雕刻、设计多年,凭自身的努力有了一席之地,他将弟弟家秋带出去,手把手教,家秋亦有了一门衣食无忧的生存技能。家中一贫如洗、貌不惊人的两兄弟娶妻生子,各自有了一双儿女。媠正嫂开始了她人生真正意义上的快乐时光。

她只读过两年半书,却一直喜欢看书认字。报纸、杂志、传单以及地面的广告纸,她都捡起来一字一句读。孙女上学了,所学的各门类课本,她一一捧读,看了一遍又一遍,再读给孙女听。不认识的字、不懂的语句画上圆圈,向孙女请教。家中有个爱学习的奶奶,当小老师的孙女便有了优越感,上课更凝神聚力,很快,学习拔尖,作文获奖,考入市级重点高中。媠正嫂以润物无声的方式告诫子孙,不读书就是文盲,没知识是不行的。

十多年来坚持自学,年近七旬时媠正嫂终于派上了用场——在儿子的快递公司帮忙分拣快递。人说:"分拣快递必须眼尖手快,想不到你这个残疾老太婆,还能断文识字!"

"哈哈哈哈!"媠正嫂以她独有的爽朗笑声回答了所有人。

"你的书我喜看,你写的那个《月从故乡来》,我看了很多遍,你写我,写瑞哥,也写我们的艰苦,没想到你会把我写进书里。我嫁到文宣,是看着你长大的,你是真懂我!

"我这一生,做了两次房子。第一次做的是泥瓦房,贷款做的。儿子一年就还清了所有债务。但我一条腿摔断了,腰椎骨也摔断了,2016年就开始拄拐棍,进出只能车子接送。你聋子瑞哥,一粒黄豆爆两个崽,如今有孙子孙女四个。他看山去了,将我一把老骨头孤独留在人世。

"没想到我这猪不尝狗不受的命,能活到今日。我常常回想困难时期帮助过我的人。你姆妈对我的好，我记得。你参加工作后，给我钱，给我买盐，我至今都记得。世间的好人多啊，细细灯盏细细熬，只要我活一天，就要记恩。"

在她絮絮叨叨中，天亮了。

2022 年 3 月 16 日

善端公

善端公是我高中的老师,亦是我同宗的族叔公。

他家住在上坳铺,距我家一里路。幼年时我与他并无交集,但方圆三五里的乡亲都互相认识,谁家几个孩子,几间瓦房,尽数知悉。文宣村大队部的礼堂旁边,是新建学校(如今更名为文宣小学),那时设有小学部与初中部。我上三年级时,善端公在初中部教我哥哥与姐姐的语文,他的二儿子建光与我是同学。建光是圆脸,较为活跃。自我中学转学后,至今未曾谋面。

善端公是个"体面人"。他中等个,偏瘦,头发梳得一丝不乱,鞋面亦是光溜溜的,少有积尘。一年中三季穿四个兜的中山装,挺括。衣服面料为咔叽棉布,颜色多为蓝、灰两色。与村庄其他民办或公办教书先生站在一起时,他有一种"贵族"气势,用家乡人的话叫"体面"。

我在洪港五中上高中时,他教我政治。彼时,他是学校的教导主任兼代理校长。因我作文常被张贴于宣传栏上,在打饭、出操或课间,看到我,他都会笑眯眯地夸我几句,让我走路都带着风,在同学面前颇为得意。

高中毕业之后,我到了咸宁城,善端公也搬到了通山县城,此后多年,音讯渺无。

2018年,通山县组织部开展主题为"家风"的征文活动,我的散文《家有严父子不庸》得了奖，通山电视台到我的家乡文宣给我拍专题片，族中就近的部分文化名人到场。善端公着白西装、灰西裤，精神矍铄。他与成传样、成传安等书画名家在祖祠大厅挥毫泼墨，或书或画，或读或诵，书香盈盈，将一个古老宗族的文化底蕴第一次搬上荧屏。现场，善端公沉吟片刻，随即一挥而就，赠予我一幅书法作品，是嵌名联：成果喜丰收一篇冠吴楚；丽文评锦绣万字永流芳。将一个任教老师及家乡长辈对晚辈获奖的喜悦之情与激励之语赋予这二十字中。

随后，先生赠我一书，是长江文艺出版社出版的《九宫山叟诗书画选》。九宫山叟是先生笔名，想不到，先生退休后专攻诗书画，颇有成就，这厚实的一大本为铜版纸彩印，三艺并进，颇见功底，我开心之余，又添几分敬仰。

先生是家乡知识分子中杰出的代表，上过私塾，背诵过"四书"、《诗经》，解放后上国文学校，后就读师范学校，此后从教三十余年，是个有故事的人。2019年12月26日下午，我专程前往通山县城，拜访善端公。

宽厚的额头，高高的发际线，一丝不乱向后顺贴的头发，白净而清瘦的脸，笑眯眯的眼神，一如二十年前的模样，我不禁感慨：时光不老。

七十八岁的先生领着我上步梯一口气爬上四楼他的住房。小小的书房满是书籍、书画作品及全国各类书法、国画、诗作大奖赛的获奖证书。书法作品中有行书、楷书、篆书、隶书、草书，或粗犷，或圆润，或中规中矩，或狂放不羁，各有千秋。其中，一幅是节录《黄庭经》片段，铁画银钩，苍劲有力，字体飘逸俊秀，布局错落有致，是我钟爱的行楷。

画多为国画。或骏马奔腾，或鸟雀闹春；或梅菊吐蕊，或牡丹富贵；或芦荡月色，或日出帆影；或鹤立苍枝，或虎啸山谷。兼有人物肖像与果蔬。挂在书柜旁的一幅驱魔镇邪图——钟馗斩鬼的肖像颇具意味：身着红袍的钟馗，一手持剑，反身而立，手臂上的汗毛根根如针，给人以力量感与强烈的视觉冲击。

我在国画《竹报平安》前驻足：劲拔的竹身与竹节，疏朗的枝条，竹影婆娑，斜逸出一枝瘦竹，两只翠鸟一前一后抓立于竹枝尾端，一只扬头噘嘴，一只翘尾低鸣，目光聚于同一方向，似在呼朋引伴，压得枝条低弯，让人担心那细瘦的末枝不堪重负而折断，亦担心两只鸟儿晃晃悠悠会掉下来，画面的动感与逼真感呼之欲出。我不禁脱口而出：好！

原以为先生涉足诗、书、画，是退休后打发时间，浅尝辄止，想不到造诣如此高深。

先生是有文学与艺术双重修养的人。他1941年出生于文宣村上坳铺。其父成月朗十六岁时师从石门的老道士，学习阴阳地理，他在师父家踏踏实实耕田、种地、放牛，鞍前马后多年，悉得师父真传，十多年后另立门户，出师为道，零星置了一些田产，到1949年已有十亩薄田。其父深知学识的重要性，在先生五岁时，送他上蒙馆。那时上学只有两个科目：读书与写字。发的课本是《六十花甲》，按"甲子乙丑海中金，丙寅丁卯炉中火"排序读，说是读，基本是唱读。教书的老师是同族的成华之，他用八开、十六开的纸写好，学生照着读、认。家长买来笔、墨、纸、砚,再用白纸铺在上面拓印着写。一套文房四宝价格不菲,毛笔写字特费纸张,一般生有多个孩子的人家吃饭都成困难,供养其上学已是奢望。

那时,上私塾没有暑假,只在端午节放七八天假。其他时间天天上学,没有周末。十月底,山区寒霜遍地,日照不到之处,又添新霜。学校设施简陋,四处漏风,学生单衣薄衫,已不宜上学,学校开始闭馆放寒假。

一年后,家长们请来了下新屋的成寿康先生,这一年读《三字经》《百家姓》《千字文》《龙文鞭影》及一些杂诗,如"王子去求仙,丹成入九天。洞中方七日,世上已千年""位列上中下,才分天地人。五行生父子,八卦定君臣"等神话传说与五行八卦之类。

《龙文鞭影》是四字一句,有韵,读起来朗朗上口。内容是搜罗二十四史的人物典故、神话、小说、笔记以及自然知识、历史掌故。有益于儿童的教化,下头有注解及故事来源。蒙馆老师是初级教师,不做解释,只要学生读。

尽管善端公已近耄耋之年,却有超强的记忆力,在他的娓娓叙述中,他大半生经历的点点滴滴一一重现在我们面前。

寿康先生有个女儿叫彩琴,与我同岁,那时候封建思想推崇"女子无才便是德"的谬论,女孩子多数不读书。寿康先生有大格局,他让女儿与我们一起上课。我们是长条桌子,一桌坐多个学生,她一个人坐一张四方的火桌,不过她读的是《女儿经》:女儿经,仔细听,早早起,出闺门,烧茶汤,敬双亲;勤梳洗,爱干净,学针线,莫懒身,父母骂,莫作声……无非

> 文宣逸语

是教女孩子为人处世,孝顺公婆,辅助丈夫,慈爱子女等劝诫。她坐我旁边,穿灰布大襟衣,扎小辫,读书的时候摇头晃脑,声音很大,听得多了,我也会背了。读了古文的彩琴,后来相夫教子,孩子都有出息。

1948年,是上学的第三年,课文的内容难度已明显加大,开始读四书中《论语》的《上论》与《下论》,也读《大学》《孟子》《中庸》。《六言杂字》很有意思:"自古人生在世,俱秉五行阴阳。富贵贫穷寿夭,生死离合悲欢。注定生辰八字,皆有凤世根源。"

课文包罗万象,从宿命论到劝世,从花鸟虫鱼、动物种类、躬耕工具、栽种收割、菜肴水果到玉器珍珠、开拓封赏、刑杖官职,以及婚丧娶嫁、酒具乐器、尊卑礼仪乃至记账算钱,菜饭酒米油盐……让学生认识视野之外的事物,内容较为晦涩,字亦生僻难认,较之当下三年级的语文课本,难度大得多。

会读了还得用毛笔写出来。弄懂一本,家长就买第二本新书。读过《增广贤文》启蒙书或会认字的,有一定理解能力了,老师授课的时候讲深一点。每个人上的课不一样。有时,一间课堂十八个学生,老师要教五六种不同的课程,教会一个安排了作业,再教另一个,这很考验老师的功底与教学能力。文宣的昌善兄从蒙馆到经馆读了三十年,读了一辈子老书,他在杨家庄教书的时候,有的学生是成年人,刁钻古怪,问的问题昌善兄答不上来,就上前砸先生的饭碗,要他滚蛋。诵读的时候,你读"子曰诗云",他读"人之初,性本善",声音嘈杂。七岁的学生可能是十八岁学生的学兄。

第三辑 文宣·人

每年开学时，要拜孔子。所有学子对着墙上挂着的孔子画像行三跪九叩，老师适时讲授孔孟之道。私塾对面有座石拱桥，靠山边设有"字纸亭"。每个老师座位后的墙上，贴有"敬惜字纸"楷书字条。教室内，当天写废的字纸绝不准扔地上，如有扔在地上的废纸，一律捡起举到头顶上顶一下，然后，弯腰恭敬轻放于纸篓，不可抛丢。老师一再强调，孔子为后世的教育鼻祖，"字纸"代表孔夫子，连人带纸要有敬畏感，谁违反了，就得挨板子。

那时的教书先生很厉害，上课不用教鞭，眼一瞪，大家都会安静。吃了早饭，学生到学堂自觉地以毛笔蘸红墨水写字，叫描红；会了再脱手在纸上写。写一个多小时，一张大字本写完了，就用小字本写小楷。两张纸都写完了，老师说，读书。各人读各自的书，然后背书。背书是有讲究的，学生两脚一左一右，站直，两手下垂，背对老师。背不来时先生会把本子递给学生读。本善兄上课老不用心，字不认得，我背两课了，他一页都背不下来。先生让其搬来板凳，把裤子拉到膝盖，人趴在凳子上，用竹板狠打屁股。不准叫，不准哭。打了几回，上课就用心了。也有倔的，读不进书，再也不愿上学，成了文盲。

我那时半日能读二三页，是用心读与记，不是唱，能流畅地在纸上写出来。我三个月读完了《幼学故事琼林》，会背会写，有的同学两三年都读不完。背书是大事，天天一页二页小背，每逢初一、十五大背，一次背完十五页，从第一页背到最后一页，背完一本书就算过关。

文宣就我与体仁两人会读书。他瘦高个，长得玉树临风，很快从蒙馆升到经馆。文宣的新学堂，以前是经馆学堂，成国葆是老师，教学很有水平，常有人慕名前来就读。入经馆的学生，必须会背四书五经，尤其是《诗经》要滚瓜烂熟，这是以后写诗作文的基础。经馆的课程是深层次讲解四书五经，这些儒家经学，也是科举考试的核心内容，那时尽管废除了科举考试，新的教程尚未正式普及，但学四书五经的精髓至今都是大有裨益的。我的古文功底就是最好的见证。

说起过往的读书情景，先生滔滔不绝。早期严苛而自律的学习经历，在人格与三观塑型的重要时期，直接影响其一生。

我读了五年私塾，全国就解放了，私塾已停办。解放后，称为国民小学，分年级就读，新书是国文，传统教育中以诗文为主的教学退出了历史舞台。

1949年，父亲从汉口买来一本柳公权的《玄秘塔碑》字帖，在老师的指导下，我练写了两年半。那时，全燕厦片区只一所完全小学是公立学校，教语文、数学、英语。为了让我学到更多知识，1951年，我父亲挑着被窝行李领着我步行二十余里，到燕厦小学插班读四年级。语文成绩是班上第一名，但数学有点跟不上。教我英语的是老家下畈的王寿春先生，他早年教经馆，后教英语，再后来成了我的岳父。

1952年土改，我父亲被划为地主，田地充公，抄家时家中只有干萝卜、干盐菜，无一件值钱的家什。做道、看风水都被称为迷信活动，不让从业，家里吃了上顿愁下顿。我在通山一中上学时，曾与我同村共读私塾的良凡、良玉、良治三人已十八岁，初中刚毕业。他们就读时一个月只需买点牙膏、牙刷之类必需品，每年可申请助学金。甲等助学金是每月六元，乙等是四元，丙等是二元。助学金用不完，老师让他们带回家。他们在一中毕业后，良凡提拔到通山县粮食局，良玉教书，良治回家学篾匠，三人的前途各不相同。

我中考报的是蒲圻师范中专学校。父亲已无能力送我读高中。人说"师范"是"施饭"，国家管饭，读书不交钱。那年蒲师在通山一中录取了五名学生，成绩都是拔尖的。食堂每餐两菜一汤，比家里吃得好。那个时候物价低廉，草鞋一毛钱可买五双，鸡蛋一毛钱五个，一毛钱可以改善一个星期的伙食。

我到师范读书时，冬天穿的还是上小学时缝制的穿了四年的棉袄，已经长高长壮的躯体，把棉袄绷得紧紧的，扣子扣不上，手臂亦抬不起来，同学嘲笑我是"木偶"。一个冬天就两条单裤，穿在外头的打了多个补丁，里头的更是破旧了。课间出操时，同学都是曲腰弓背，唇齿打架，脸、手、脚多处长冻疮。1958年，父亲在武昌旧货摊给我买了件旧棉袄，正是靠着这件棉袄度过了天寒地冻的冬日。

在师范读书，最先每人每月定量供应二十八斤米，平均每天九两米。上学的都是十七八岁的伢崽，正处在生长发育期，一餐三两米也就是一钵子饭，吃不饱。随着"大跃进"和人民公社运动，全国形成浮夸风，虚报产量严重，家里人吃野菜、糠粑、树皮、草根。我们学生每月也减了十斤粮食。

师范第三年，学校分科，开设语文、数学、物理、生物四个专科班，我报的是语文专科。语文学的是文学概论、中国近代文学史、现代汉语、毛泽东诗词等六门课，同时兼学体育、音乐、美术三科。这些课程极大地丰富了视野,三年的美术课程更是为我退休后从事国画创作奠定了基础。

1960年师范毕业时,通山学生都分到原籍,独我被分到孝感的邹岗中学教语文,后来听人说,因我语文突出,被用人单位录去。

我的婚姻富有戏剧性。

我八岁时媒婆就给我做媒,将下畈寿春先生八岁的女儿许配给我。

那时,道教盛行,我父亲做道,远近闻名,是殷实人家。媒婆见利起心,让我1949年二月订婚。订婚是最高规格:八只鸡、八个猪蹄、八匹布、八样银器(手镯、耳环、牙签、戒指、头饰等)。订婚后,要送三个节礼:端午、中秋、春节。送给女方主家、至亲叔伯兄弟与媒人,每家每年要送三次。直到1960年我师范毕业后结婚,整整送了十一年的节礼。

婚后我被分配到孝感教书。此时,我父亲已近七十岁,身体弱,做工只给5分工,母亲是三寸小脚,不能做农活,家里还有一个弱智妹妹,没有工分就分不到粮食,家里人要挨饿。我想调回通山。教育局不放人,我只好申请下放到家乡农村,孝感那边才签字。我这书生样的身体,个子不大,做农活肯定吃亏,岳父想让我去学医。成氏宗族的成国器那时当校长,知道我是师范毕业,聘我去教书。我代课四年。1966年,"文化大革命"开始了,上头说我是地主子弟,一刀切,不让代课,回家种地。批斗父亲的时候,我也陪斗。大冶修铁路,武汉到长沙的复线铁路,修了三个月,每天就是挑土。穿一件新衣出门,回家时两肩头都磨出了两个大洞。那些年,国家进行基础建设,修洪港大桥,在冰冷的河水里打十几米深的地基,日夜挑河沙,把河里的鹅卵石挑上岸。修畅周公社竹头坪桥墩,滴水成冰,三班倒,晚上到处是汽灯,热火朝天。一个和尚打赤膊挑土,几乎是在工地奔跑,肩头都是红肿的,广播的大喇叭表扬他。那时候的老百姓,淳朴,热情,有干劲!

七十年代,我随大队民兵出公差的时候,人们知道我是教书先生,不再要我上工地挑土,让我搞宣传:写稿子,绘插图,出大字报。一个连队一块大黑板,全县十几个连,我们文宣村的大字报内容丰富,最有创意,每次评比得分最高。

到老家的那九年,我学会了不少手工活,做木匠、篾匠、油漆匠、理发匠,技术难度高的打制脚盆、水桶,一天可完成一只,可换粮食亦可卖钱。会理发后,给学生理发不收费。做一行,就得专一行。

1976年以后,我被返聘到大队完全小学教书,之后教初中、高中,当教导主任、代理校长。1985年转正后,全家人转为商品粮户口。每月三十多元的工资领了很多年。2001年退休后,我开始写古体诗词、毛笔书法与画国画。我从九岁练字,临摹柳公权的帖,再拿起笔,亦得心应手。退休二十年,我坚持创作二十年,诗、书、画,样样都懂一点,已获国家级大奖九次。空闲时间参加诗联学会的教学活动,交流心得,让老年的生活丰富,精神充实,不会得老年痴呆。

我生有三子二女,志华、剑晨、建光、裕华、建辉,他们都各有成就。如今,长子剑晨也作书法作品,是行书,我看他基础不错,假以时日,他会超越我;其女也优秀,考上了博士。我们生长在文宣,文宣文宣,该是出文艺人才的地方,祖上的这个愿望,我们要一代一代传承。

眼看黄昏临近,先生意犹未尽地结束了对话。他跨步走进书房,拿出厚实的新书《山夫耕笔》,这是他近几年的诗、书、画作品精选,以纪念夫妻八十双寿、钻石婚庆。先生取笔、研墨、弯腰、低头、签名。西下的夕阳透过窗户落在他的头顶,镀上一层黄色的光晕,照亮了他的书房,照亮了我的双眼,也照亮了他身后尚在控笔描红的幼孙。

善端公就是自带光芒且一生都在传递光明的人!正是他的存在,让我们身处尘埃,内心能清明澄澈。

2022年4月7日于青龙山下

第三辑 文宣·人

老屋与我

提起故乡，有人想起柴垛与炊烟，有人想起田畴或小河，有人想起草原、山峦、井水，有人想起蓑衣、耕牛、秧田，亦有人想起在村口守望的白发苍苍盼儿归的娘……

我的故乡，是以一栋老屋的具象储存于我的记忆库，无论何时何地，只要提及，条件反射般我脑海即刻会浮现那栋老屋。

老屋承载了我童年、少年以及青年的乡村记忆。那些苦涩或快乐的过往，让逝去的岁月有了太多念想，甚至，很多次，我梦见自己穿越时空，回到幼年，梦里笑出了声。有时，梦见老屋垮了，砸中了我，惊醒，枕头润湿一片。人与老屋这种割舍不了的情愫，我固执地认为，是祖上在向我昭示什么。是以，此刻，我会用一些笔墨，带着诸君一同走进一段不平凡的岁月。

1

老屋为我曾祖崇浩、荣瀚兄弟于1894年（光绪二十年）共建。连五间，一进二重，两侧是厢房，中间为三个天井。以中堂为界，进门的右边为长兄崇浩一支居住，左边是幺弟荣瀚一支居住。老屋坐北朝南，中轴对称。以火砖、石、木为主料，上重与厢房一米以下为砖石，其上乃镂空木雕至顶。四墙高筑，梁柱粗大，檐角呈三层，层层上翘，这种四水归堂的格局，是江南明清时期典型的徽式建筑。主梁上雕有戏曲人物，正中雕有福寿圆形图案。檐墙、山墙顶皆白漆彩画,或五子登科,或麒麟五兽,或花鸟虫鱼,或龙凤呈祥,纤毫毕现,主人的愿景与意趣,一目了然。每一个垛口皆白底黑字配有诗文。石门、石窗、石柱、石坎,以多元的形状及石的坚韧装点、支撑着老屋。

大门前的"凹"字形平面门廊,以风水学解读,乃藏财纳福之意。门楼上方印"庆衍汴梁",为荣瀰所书。

成荣瀰与我曾祖父成崇浩(号清波)是同胞兄弟。荣瀰是教经馆的先生,一肚子墨水。门印取"庆衍汴梁",在很长一段时间,人们不解其意,人到中年的我,查史料,才知乃"庆祝延展的富足、启拓封疆"之意。再则,是对成姓湖北始迁祖成范公从汴梁迁来阳新黄桥落户后子孙昌荣、门庭光大的纪念与缅怀,亦是对新建住宅的自豪感、希冀及展望,较之当下门印"南阳世第""耕读共乐"的直白,韵味绵长得多。

文宣坊间至今有传言:荣瀰国葆,性善体老。说的是文宣历年来的风云人物。荣瀰是以诗书与教学见长;国葆是以机智、谋略扬名;性善是以力气与武功传世;体老(体仁)是以阴阳地理流芳。荣瀰排名在首。据说当时打官司,时人都请他写起诉状,官府的人一看他名字,就判胜诉。他的诗文与楹联,刻在祠堂与祖屋的堂柱或房檐下,可见其当时有一定的名望与影响力。

曾祖父崇浩公经营一个小铺面,曾祖母在家养猪婆,卖猪崽,算是体面人家。崇浩公块头大力气也大,建房时,大门口的两个石墩,约五百斤,他用麻绳系好,一担从十五里外的湖畔矿山挑回。兄弟二人筹备四年，才建成此屋，文宣人称之为"大土库"。为了庆贺新居落成，在房子左侧的路边，栽下一棵柏树，以示纪念。

曾祖父生三子，美善、达善（我祖父，字世豪）、安善。当时家乡所在地为"兴国州"所辖，在众多农人为一日三餐发愁的时候，曾祖将三个孩子都送往五十里外的阳新县高等学府就读。祖父毕业后回乡任教，是教经馆的先生，据说能出口成章，悬腕草书远近闻名，堪称一绝，至今家乡多栋老屋的匾额皆为祖父手书。那时的老屋，左右皆有教经馆的先生，叔侄之间，你出上联，我答下句，书香盈盈，朗朗有声。

家道中落是从我祖父二十四岁那年开始的。

土地革命时期，为了推翻帝国主义、封建主义、官僚资本主义三座大山，全国掀起了轰轰烈烈的工农运动，武昌城的工农运动与学生运动如火如荼。1926年，时任湖北省农协会特派员的文宣人成子英回乡秘密发展党组织，建立农协会。成子英长我祖父一岁，乃同村一起长大的族中兄弟。在子英的发动下，开明的祖父加入了中国共产党，成为子英得力的臂膀。祖父积极发动曾祖、兄及弟一同参加革命。高大英武的祖父以学识与才华赢得组织的信任，1929年，任红三师七团政委。后因敌强我弱，战斗失力，受王明"左"倾机会主义路线的影响，党组织不断被破坏。1931年父子四人一齐被害于龙港后垴山。解放后，人民政府追认四人为革命烈士。

家被抄，房子被打上封条，家中老少妇孺十余人被逐出家门。在外教书的荣澜惊闻噩耗，痛心疾首，连夜从湖畔五桂潭赶回，亦受牵连，被打入牢狱，其妻被逐出家门后，带两个幼子仓皇回车田娘家避难。彼时，祖父唯一的孩子——我父亲才一岁多，美善公已生育二男二女四个孩子。一夜之间失去丈夫与三个儿子的曾祖母痛不欲生，多次以头撞墙，被人抱住。望着泪眼婆娑的两个儿媳及膝下苦巴巴的幼孙，一家人抱头恸哭。此后，祖母妯娌各自带着幼子自谋生路。

一家四条汉子躺在禾场的门板上，血迹斑斑，怒目圆睁，惨不忍睹。勇士不能战死疆场，他们死不瞑目！从此，老屋暗无天日，天井青苔累累，室内仓鼠成群。老人说，路过老屋能感觉阴风阵阵，脚底生凉。夜间隔老远能听见厅堂挞豆声与风车扇叶的轰响，半夜里，屋顶的瓦片时不时"丁丁当当"一阵响，如被人从屋顶泼下了黄豆。

"是鬼撒沙嘞！"

"在外遭凶死的，阴魂不散，闹鬼！"

多年以后，当我听到老人说起惨烈的过往，顿时毛发倒竖，悲从中来。

一介书生的荣瀿出狱后急火攻心，抑郁成疾，只得远走他乡，在异乡教书聊以度日，于1934年吐血身亡。

曾祖的胞弟以安葬兄与侄为由，将老屋的一间正房变成了多个主人。

2

九岁时，父亲只身回到了老屋。

旧时的妇女皆缠足，三寸金莲，走路尚无法保持平衡，做农活挑重担时脚太小无法支撑重量，多数妇女没有劳动能力。缠足的祖母养不活自己也养不活孩子，被迫改嫁，她牵着只穿一个肚兜的我父亲嫁到十里外的一个村庄。婚后，添了姑姑，日子越发艰难。许是父亲从小受了太多委屈，九岁那年，他寻根问祖，一人回到了文宣。

  从此，老屋注入新鲜气息，有了人声与炊烟。他在族中人的指导下犁田耙田。牛亦欺其弱小，任凭父亲吆喝，牛不动脚。气极时，挥鞭，牛在水田狂奔，父亲瘦小的身子骨儿压不住一张耙，连人带耙在泥田里被牛拖得团团转，被村里人拉上岸时，咳出的都是泥浆。

  那时，日寇的铁蹄在中华大地肆意横行，丧心病狂地用飞机载运毒药在空中喷洒，鄂东南偏远的文宣乡村亦不能幸免。父亲与乡亲们常年在山区劳作，钻山林时不小心被丝茅挂破皮肉，毒汁迅速通过溃口进入体内。当夜，奇痒无比，日久，两条腿自膝盖以下青乌肿胀、溃烂、流黄水，月复月，年复年，钻心地痒。自我记事起，每每晚饭后，父亲坐在火椅上，一只脚踏着坐椅板，弯腰，前胸贴着膝盖，两手拉锯样抓挠小腿胫骨的皮肉，龇牙咧嘴。一会儿换一条腿，继续抓挠，结痂、流血，再结痂，两条小腿青紫，瘢痕累累。母亲以苦菜根、金银花藤泡水或将热水加入食盐，给他清洗，于事无补。父亲的口袋里常年装着各种药膏，鼓鼓囊囊，走亲戚时亦带着，这种苦痛折磨着他，直到终老。年老时，父亲说起往事，无忧无喜，唯独说起此事时，咬牙切齿，眼里光点闪动。

  父亲在岁月的毒打中日渐长大。打草鞋、砍柴、砍毛竹、伐茅秆，挑到横石镇上卖，换点食盐与生活必需品，他将多余的毛票子一分一角攒起来，卷成团以油布裹之藏于瓦缝，或将小毛竹锯成一段段，塞进毛票，用黄泥封口，置于瓦楞间。几块瓦片成了父亲的私家银行。

多年后，我在上中学时，一次找草稿纸，从废弃的竹篓找到夹在书页的五毛或一元的新票子。在鸡笼深处拨鸡蛋，曾拨出一只破鞋，鞋内一油纸卷筒包的亦是小额钞票，甚至从墙缝里扯出一个脏兮兮的塑料袋，一打开，都是不超过两元的小票子。每次，我从不曾动用过一分，原样封好放回原处，一是惧于父亲，再则父亲多年教导我们要坦诚做人。想来，那些零星小钱一定是父亲找不到"银行"地点了，以至于父亲去世后，我多次梦见自己在老屋找父亲藏着的钱。甚至在老屋坍塌的那天，我还特意打电话让大哥去现场看看。

历经苦难的父亲节俭而自律，解放后，通过上夜校自学，精于写与算。新中国成立初始，政府新设各类机构，人才紧缺，需从民间选拔，有点墨水的都会得到推荐。父亲那时任村长，打算盘是一把好手，报一串数字，加减乘除两手能同时在算盘上飞速打出来，他被推荐到信用社工作。同村同去的族叔因家里人口多，穷，揭不开锅，挪用公款，被发现，司法部门将其量刑定罪，父亲极力担保，四处筹借，将族叔挪用的公款填上。族叔免除了牢狱之灾，但被开除公职，以做篾匠为业，走村串户，积攒大半生才将父亲的欠款还清。每次看到父亲，不忘提及父亲的恩典。

父亲后来被抽调到粮管所。在国家粮食调控定量供应的年代,他任职粮食检验员。检验粮食除了看稻谷的成色分等级,最重要的一环是检验稻谷的干湿度。没晒干的稻谷压秤,在重量上农人会占好处,但时间久了会霉变,影响粮仓整体粮食及大米的成色与口感,这是个非常重要的岗位。父亲在洪港粮管所时,表叔卫华挑着一担稻谷交公粮,父亲一看,是姨老表。按惯例,父亲用一根削得光滑的竹片在谷箩里一插,竹片入谷物时不大顺畅,是钝响。表叔卫华心里如十五个吊桶打水——七上八下,他深知,晒谷时因午后下雨,少晒了半天。眼前是母亲曾经资助过的亲表兄,应该不会抹面无情。只见父亲一声不吭将稻谷移到一旁,搬来粮管所的晒箕在阳光下扬开,将两箩稻谷分两床晒箕均匀摊晒,递给表叔几张报纸一杯茶,父亲接着忙去了。中饭后,父亲捻起谷粒一搓,又丢两颗到嘴里,两牙一磕,说,可以收了。表叔这才收起稻谷过磅。

表叔说:"你爸在粮管所干了一辈子,我年年送公粮卖余粮,从没给我开一次后门。他是一根筋的人,不徇私情。他是感共产党的恩,守粮仓就是守底线,守住老百姓的口粮。"

3

父亲二十一岁时与母亲成亲。高大魁梧的父亲用一顶花轿将三十里外娇小玲珑的我母亲娶进了门。那年,我母亲十八岁。

老屋恢复了元气,有了温情,亦有了欢声笑语。

新婚伊始,母亲被抽到乡里搞宣传,四处演出,生下大哥后,她回村当了妇女队长。二十年时间,接二连三生下了我们三男五女,八个孩子(其中一女夭折)。生孩子当天就下地生火做饭。集体出工的日子，早上喂完奶，母亲将孩子置于摇窝，扯一块围巾裹头，随大家一起出工，与村里的壮汉比拼挣工分。中午匆匆赶回，做饭、洗衣、打猪草、喂猪，如陀螺般转，直到深夜。

大姐四五岁时，成了母亲的小帮手，带手下的弟妹。那时的摇窝与转轿是乡村孩子们成长的主要辅助工具。摇窝为圆形的篾箩，铺上稻草，垫上旧棉袄，以旧衣裤剪成长方块做尿布，将三五个月的幼儿包裹安放在篾箩的凹窝，终日坐着，饿了拉了，哭！有人看守就摇几下，无人看守时，哭累了，睡！睡醒了，哭！篾箩下小上大，春秋冬三季常常放在火炉边取暖。孩子渐渐大了，有了力气，哭闹时会用力蹬踢，农村那时的地面多是凹凸不平的泥土地面，一不小心，会将篾箩蹬倒着地，孩子滚出，跌入火炉塘，或将火塘上的罗罐打翻，造成烧伤或烫伤，那年月，烧烫伤致残或手脸留疤的孩子随处可见。

五个月后，摇窝已无法安置孩子长时间坐睡，大人会将孩子转移到木转轿内。转轿分三层，下为踏脚板，中为可以转动的轴心座板，上为从中间掏出空心圆的正方形木板，将能坐起的孩子置于其中，上下左右皆为笨重而结实的板片，掀不翻，亦倒不了，哭累了趴在上层的板台睡，大小便可任意拉。常常，父母归家时，坐板及孩子的手脸沾满了粪便。大人一边清理一边痛惜：着孽崽哟，屙果多！

我们七兄妹正是靠着这两样工具，在老屋的光阴里完成躺、坐到爬、行的成长过程。所幸，七人中无一人受火创。

母亲的娘家在三十里外，从小被人抱养，幼年时父母皆去世。我自出生起，没见过外公外婆及祖父祖母。来往较密的是与父亲同母异父的唯一姑姑。姑姑早嫁，生了八个孩子，生活拮据，我成年后才去过她家一次。我的童年，除了文宣的老屋，极少与其他村庄有过交集。每当我看到村里的孩子在祖父母、外祖父母或叔叔姑姑怀里撒娇的情景，又渴望又羡慕。

4

幼年的我，是孤独的。简单说来，是缺爱！没有祖辈的宠爱，没有姑叔姨舅的呵护，父亲常年在外工作，唯一的温暖来自母亲。

大门的石门槛与石墩是我的床。犹记得，成年的大哥大姐与母亲一早出工去了，未成年的哥姐在上学，未到上学年龄的我在老屋看守小鸡与番鸭。家禽都是自家孵的，得提防山鹰、黄鼠狼及狗子的侵害。鸡与番鸭在屋外晒着暖阳呢，一不留神，被山鹰盯上，从头顶一个俯冲就叼走一只，慌忙操起细长竹篙驱赶，山鹰早飞远了。将鸡鸭用箩筐提进厅堂，番鸭在天井的水凼里觅食，邻居细婆家的狗会追着鸡咬，我举着竹桠追打，狗沿着天井四周奔跑，我从老屋的上重赶到下重，狗子跑不过人的时候，被抽打，会安静几天。多数时候，我坐在门槛上，望天、望山、望路边的行人，盼望母亲能早点回。坐着，坐着，就靠着石墩睡着了。有时，头朝下趴在石门槛上望，夕阳从午后照射到大门，门槛暖乎乎的，人亦沉沉睡去。等及母亲收工回来，从门槛抱起我，我软软的身子骨儿贴着她热烘烘的乳房，两手勾着她的肩胛，内心又惬意又满足。

> 文言逸语

在一个春日的下午，老屋寂静无声，我打盹时，从后山溜进来一只饿极了的黄鼠狼，只听仔鸡儿一声惨叫，回头一看，一团黄色影子从后门一跃而出。我跳起追赶，小鸡在我脚下仓皇四散，沿着血迹一路追寻，那货早已无影无踪。回头一看，一只小鸡被踩死，两只已倒地不起。我慌忙拿来木脚盆，倒扣于地，将小鸡置其上，紧握盆沿，轻磕轻摇，以期将其震醒。曾经，我见过晕死的小鸡被姐姐这样救活过。良久，小鸡一动不动。农人是靠春天孵养一窝窝鸡鸭，来实现一年的蛋肉补给。一下午丢了三只鸡，我自责且害怕，在天黑前藏身于上堂的一口寿木前。村庄的每一栋老屋都有提前为老人定制的寿木，平时，对于这种出殡时给过世的人装殓的褐红棺材，我们是心有余悸的。我蹲在阔大的棺材头前端与墙缝之间，听母亲匆匆进门将锄头着地铁器碰触火砖的脆响，听罗罐与铁钩的对接声，锅铲与铁锅的相亲声，笨重的木桌在地面的拖动声，估摸一家人都上了桌，母亲才发现我不见了，慌慌地喊我，紧接着，"阿容阿容"，男声女声从远远近近向山村四处扩散，有电筒的光亮从寿木上晃过，亦有脚步在一侧停留，终于，人声与灯火渐渐远去。闻着桐油漆过的棺木，我幻想着会跳出披头散发的鬼，心有恐惧却闷不作声。一栋老屋的人皆出动找我。半夜，我钻出来，站在天井边，母亲见了我，弯腰一把抱住，热泪双流。我才发现，在众多孩子当中，我并非多余的。每一个孩子都是母亲心头疼着的肉。

父亲与母亲，聚少离多。好不容易盼到父亲放假，带回来的不外乎汽水精、水果糖、苹果或方方正正的白面馍。夏天，舀一大瓢井水,将汽水精倒进去,水里"嗤嗤嗤"冒泡,喝一口,清凉又甘甜,气泡从胃底涌到喉咙,大大地嗳出一口气,真乃劲爽到爆。看到尼龙网兜里的苹果,我们不敢贸然去拿,眼巴巴瞅着,母亲拿出一二个递给我们,即刻就有人拿了菜刀从中间对半切下去,再从一半中对切,无须吩咐,一人一块。那时的水果是稀缺物,无化学污染与农药残留的忧虑,苹果多为青果,不及当下的个头大,一个苹果切成的四块,约二指长短,酸酸甜甜,果仁果核皆不舍得扔下,反复咀嚼,咽进肚腹。父亲笑眯眯看着,不语。空气里弥漫着温馨的气息,点点滴滴,老屋尽收眼底。

5

父亲的节俭几近苛刻。

我到镇上读高中,住在粮管所。掉在桌上的饭粒,父亲捡起来吃;我吃剩的小半块馒头,第二餐吃饭时他蘸点热菜汤递给我。所里的人都说他对我吝啬。要知道,他手上掌管着大把大把的粮票与四周挂满粮仓钥匙的大圆盘。在那粮食匮乏的年代,粮管所的很多职工给子女安排了好工作,而父亲,除了让二哥按政策顶他的职,其余孩子都是自谋生路。

直到有一天,老门卫说起父亲,说父亲将仓库遗落地面的大米扫起来,用米筛扬去尘土,淘去杂质,让食堂司务长每天蒸饭给他吃。县局领导得知后,调他去县局,他说基层工作很重要,坚持不去。有人说他傻,亦有人讽他是榆木。

在读书无用论的年代,父亲一边工作一边自学。每逢过年,

文宣逸语

他将三个儿子召集一起，谈古论今，在八仙桌上教他们写毛笔字。他时时提醒我们，老屋一门出了八个烈士，祖上是出过读书人的，他叹息文脉未能代代相传，却寄希望于我们这七个子女。家大口阔，食不果腹，他节衣缩食，瘦成了一棵树却坚持送我们求学。

退休后，父亲未曾有一丝空闲，看书、练字、撰楹联、誊族谱。九宫山修道院，他数次登山，灯油熬尽抄经书；宗族建祠堂，他出资出力四处筹资操全盘。他对我们严苛却用行动昭示：文以载道。一个正直的人有了文化与内涵，会为社会做有益的事。哥哥的豆腐块文章见报，他视若珍宝，剪下来精心粘贴；我作文得了奖，平生不饮酒的他第一次自斟自饮。

2004年十月初十，肾衰竭的母亲在老屋安睡了五十六年的床上、在我们一众儿女的怀里安详地走了，走完了她七十四年的平凡一生。五个月后，父亲追母亲而去。那晚，他正常进食。一会儿便口不能言，被送往通山人民医院急救。临终前，颤抖的手指在三姐掌上写字，姐说，叫容来吧。父亲摇头。他担心我家有幼子且路途遥远！一小时后，他毫无征兆地去了。至今，我们无从知晓他的遗愿。父亲因是在外走的，按乡风，不能入家门。入殓时，在老屋的门外以晒箕搭的棚。

那一刻，我想起了在外牺牲的祖人。

三代人以自己的方式告别人世，惨烈或安然，完成了各自的使命。柏树在，老屋亦在，什么都没带走。

在父母去世后的第十年，已闲置多年的老屋因无人检漏修补，瓦楞如筛。2015年，在那个电闪雷鸣、暴雨如注的夜里，仿佛心灵感应,我梦见黝黑的雕花主梁从高高的墙头坠入泥土,整面主墙轰然坍塌。第二天一早,急切连线尚在老家的大哥,大哥回应:真垮了,是昨夜垮的!一百二十一年光阴,老屋已见证了七代人的成长,最终,沦为泥土。

  2019年,大哥在祖宅重建起三层楼房。旧貌不复存,唯留大门处石墩石槛石框。那一处突兀的存在,一如圆明园残留的石门,书写曾经的辉煌或沧桑。抚摸昔日留下我体温的石门槛,恰似母亲当年抱我,暖从心底起,足够我回想一生。

2022年3月

后记

壬寅年 3 月，当窗外的桑树开始挂绿，青嫩的枝叶探进窗台时，我蓦然发现，春天已然来临。

为我的故乡文宣村写一本书，是我的夙愿。我的血液里流淌着文宣文化的基因，亦是通山文化的基因，与中华民族的传统文化息息相通。自 2019 年 9 月起，我开始采写《文宣逸语》，在这两年半的时间里，几乎每个夜晚，我都定时坐在电脑前，敲字到深夜。2020 年疫情期间，咸宁"封城"，一些篇幅较长的散文皆出自那三个月的创作。

在叙述技巧、情节设置上，我尽量遵循现代艺术写法，部分篇章会有意识流的变化，比如时空的肆意跳跃，故事的不完整性，语言的随意流动，等等。这是我不断吸纳新散文的精髓所在。

在写作过程中，许多资料的考证得益于我的堂兄成传杰。他是《文宣族史》的主编，亦是乡村生活的"活字典"。有时因了一句话或一个词的准确性，俩人能聊至电话发烫，他给我提供了诸多真实而有价值的乡村素材。

此书的撰写得到了咸宁市政协文史委主任王亲贤先生建设

后记

性的指导,这位博览群书的文化学者亦是我远房的表叔,他的博学以及对方言的严谨让我受益匪浅。本书在最终定稿时,鄂南高中高级语文教师、女作家李慕云协助校正,在此,一并感谢。

囿于视野与能力,加之时间仓促,本书难免有不足,祈望读者谅之。

成丽

2022 年 4 月 16 日于湖北咸宁